三平斋读书录

九思 著

北京出版集团公司
北京出版社

序 言

清言，亦称清言小品，是一种文学体裁的专称，是“以清词雅言表达提纯了的思想”的小品，是一种格言式、随笔式的文学，盛行于晚明清初。

语录箴言体可溯源自《论语》《老子》《庄子》，清言体可溯源至南朝宋文学家刘义庆《世说新语》。清言一词最早的记载出自晋代陶渊明《扇上画赞》：“郑叟不合，垂钓川湄，交酉林下，清言究微。”宋代晁迥撰《法藏碎金录》可称为清言开山之作。明代人又称清言为清语、冰言、韵语、冷语、隽语、嘉语、警语、法语、杂语、格言、语录等。清言在《四库全书》中大多列于子部杂家类、艺术类、谱录类和小说家四者之中。

著名的清言作品首先是明代屠隆《娑罗馆清言》《续娑罗馆清言》，以及为人处世“老三篇”：明代洪应明《菜根谭》、吕坤《呻吟语》，清代王永彬《围炉夜话》；

还有“三幽”：明代陆绍珩《小窗幽记》，清代张潮《幽梦影》、朱锡绶《幽梦续影》；明清著名作品还有：明代王佐《敬胜堂杂语》、胡居仁《居业录》、祝允明《读书笔记》、郑瑗《蜩笑偶言》、郑善夫《经世要谈》、徐学谟《归有园麈谈》、吴从先《小窗自纪》、陈益祥《潜颖录》、田艺衡《玉笑零音》、朱国祯《涌幢小品》、陈继儒《岩栖幽事》、何伟然《呕丝》、周应治《霞外麈谈》、潘士藻《闇然堂类纂》、赵世显《一得斋琐言》、祝世禄《祝子小言》、彭汝让《木几冗谈》、李鼎《偶谭》、杨梦衮《草玄亭漫语》、余绍祉《元丘素话》、王纳谏《会心言》、曹臣《舌华录》、黄淳耀《自监录》、陆绍珩《醉古堂剑扫》、姚张斌《尚絅生小语》、郑瑄《昨非庵日纂》、张复《爨下语》、清代魏裔介《琼琚佩语》、齐学培《见吾随笔》、金缨辑录《格言联璧》（又名《觉觉录》《传世言》）、魏象枢《庸言》、申涵光《荆园小语》《荆园进语》、魏禧《日录里言》、吴庄《吴鳏放言》、黄钧宰《金壶七墨》、申居郧《西岩赘语》、叶镈《散花庵丛语》、陈星瑞《集古偶录》等。

清言的主要特征，李乔先生概况为四点：一曰思精，二曰文美，三曰短制，四曰文风恬静，无烟火气。

宋人黄庭坚诗学核心观点是“夺胎换骨”。宋僧释惠洪《冷斋夜语》卷一云：“然不易其意而造其语，谓之换骨法；窥入其意而形容之，谓之夺胎法。”

笔者试用其法，先后写了《三平斋夜语》《三平斋夜语二集·人生大格局》《三平斋夜语三集·人生从容》《三平斋省思录》等。

习近平总书记指出：“中华优秀传统文化是中华民族的精神命脉，是涵养社会主义核心价值观的重要源泉，也是我们在世界文化激荡中站稳脚跟的坚实根基。”

践行讲话精神，古语今悟，此次从前四集中选取了部分关于读书的清言，再加上近年新创作的关于读书的清言感悟，新编了《三平斋读书录》。

本书共分“问道”“知行”“津筏”“趣味”“风雅”五个部分，共238段。

学思践悟，读书之道：

学则须持澄怀之静，

思则须骋风云之态，

践则须葆竦惕之韧，

悟则须明豁然之致。

如此，人生大可进益矣。

是为序。

九思

二〇一八年八月

于三平斋

目　录

问道

003　贵在明道
004　读书在悟
005　养气
006　知道者
008　以道为本
009　读书向道
011　读书必佳
013　读书味道
015　读书初心
017　规矩
019　读书明道
020　读书思悟
021　读书三有
022　读书大般若
023　人生如书
024　读者之道
025　心性之行
026　人生之道
028　修养真气
029　载道之器
030　学而知之
032　遵道贵德
034　道德铭
037　天下之心
038　敬而无失
041　人生之求
042　学思践悟
043　“学思践悟”小议
044　“学思践悟”再议
045　“学思践悟”三议
046　“学思践悟”四议
047　“学思践悟”五议
048　“学思践悟”六议
049　利器
050　永在路上
052　学而知道
054　读书四要
055　心为严师
056　人生悟门
057　读书大智者
058　敬胜百邪
059　立字诀
060　读书十景
062　读与行

064 读史论气
066 天下之事
068 读书之要
069 读书悟道
070 读书之功
072 读书三悟
074 读书右铭
076 读书三昧
078 味在妙合
080 读书四悟
082 读书之境
083 读书三境
085 读书心读
086 真读书者
087 读书之道
089 人生格局
091 大家之书
092 人生之知
094 读书大道
095 心明造化
096 读无字书

知行

101 六攻
102 做事之为
104 学砺其身
106 读书祛庸
108 识与断
109 四戒四宜
110 人生四病四药
111 践一语
112 人生八有
113 十二者
114 人生四立
116 人生八难
117 修身心要
118 人生四求
120 人生之气
122 读书立人
124 阅历四字
126 读书者品贵
128 修身修心
129 做事诀
130 做事省察
131 做事三明
132 谋事三审
133 凡事之论
134 以书观心
136 读书思意
137 书友之道
138 读书做人

139 诗与书
140 何谓之福
141 论书友
142 人生三守
143 读书之度
145 读书三鉴
147 心有敬畏
148 读书医俗
150 料字诀
152 人生诀要
153 做事要义
154 做人真
157 人生之学
158 人生过五关
161 顺逆之时
162 正人欲
164 正其心
167 书喻
170 四敬四慎
172 熟思缓处
174 勤字诀
175 人生大病
176 修身改过
179 君子三德
181 处事之机
183 八不自
185 学能胜愚
187 躬身入局
189 沉字诀
190 以名为戒

津筏

193 风骨之力
194 读书治庸
195 读书博观
196 读书渐进
197 读书八不
198 读文之法
200 学贵知疑
202 读书四读
203 读书四文
205 读书四字
206 学问之道
209 读书读心
210 六学
211 读者须知
213 读书之功
214 读书在心
216 读书理路
218 读书始终
219 读书体验

220　读书之心
222　读书之法
223　读书之贵
224　读书三要
225　学问之法
227　一字之效
228　诗书之心
230　以心读书
231　读书出入法
232　择书之法
233　发愤读书
234　读书三知
235　读书精义
236　独一字
237　文简有法
238　读书为贵
239　改过之法
241　读书极处
242　人心学问
243　读书山水
244　胆与识
246　“胆与识”再议
248　读书岁月

趣味

253　静为躁君
254　读书较量
256　书味厚重
258　书之味道
259　文有四力
260　读书之趣
262　读书养气
263　读书宜人
264　读好书籍
265　读书时光
266　读者审势
267　必读之书
269　读书之路
270　书之乐
272　阅读人生
274　古之士者
276　苦乐之境
277　边走边读
278　静中之乐
279　读书妙处
281　读书三妙
283　与书结缘
285　读史之心
286　读书

287 “读书”再议
289 “读书”三议
291 人生初心
293 读书三悟
295 读古籍
297 求知之心
298 春眠
300 忙闲
302 多与少
303 读书佳处
304 应事之心
305 人生之乐
306 读书味
307 读书知音

风雅

311 读书十美
313 茶如人生
315 四君子四艺
317 人淡如菊
319 “春夏秋冬”之味
321 琴剑之书
322 文房四宝之笔
325 文房四宝之墨
328 文房四宝之纸
331 文房四宝之砚
333 笔墨纸砚
334 品茶之韵
336 君子之道
337 旺年得福
339 琴棋书画
341 七大趣
343 梅兰竹菊之梅
347 梅兰竹菊之兰
350 梅兰竹菊之竹
353 梅兰竹菊之菊
356 平生之雅
357 书味永
358 书茶相伴
359 快意之事
360 快士豪游
362 读书洒然
364 书道箴
366 琴棋书画诗酒茶
368 人生之境
369 书画琴棋
370 棋如人生
372 书香品茗
373 伴月读书
374 读书十乐
375 人生七雅

问　　道

贵在明道

王夫之《姜斋诗话》云：

含情而能达，

会景而生心，

体物而得神，

则自有灵通之句，

参化工之妙。

读书而能通，

深思而破惑，

力践而致知，

则必有感悟之心，

明至简之道。

读书贵在精神，

人生贵在明道。

读书在悟

严羽[①]《沧浪诗话》云：

惟悟乃为当行，乃为本色。

然悟有浅深、有分限，

有透彻之悟，有但得一知半解之悟。

读书在悟，悟情、悟趣、悟理。

“情者，文之经；辞者，理之纬”（刘勰[②]）。

趣者，文之脉。

悟得浅，浅尝辄止，始勤终怠；

悟得深，大彻大悟，淋漓痛快。

---

① 严羽，字丹丘，自号沧浪逋客，南宋诗论家，著有《沧浪吟卷》及《沧浪诗话》。

② 刘勰，字彦和，南朝梁代人，所著《文心雕龙》是一部“体大思精”的理论专著。此处所引出自《文心雕龙·情采》篇。

养气

《孟子·公孙丑上》云：
我善养吾浩然之气。

修养吾超然心气，
涵养吾默然静气，
颐养吾淡然清气，
滋养吾浑然真气，
存养吾毅然锐气，
摄养吾断然胆气，
调养吾昂然豪气，
息养吾豁然灵气，
蓄养吾欣然福气。
孟子创“养气说”，
其浩然之气，即人间正气；
养气正为首，其福泽后世。

知道者

赵蕤[1]《长短经》云：

知人者，王道也；

知事者，臣道也。

君守其道，官知其事，有自来矣。

知学者，正道也；

知史者，弘道也；

知己者，心道也；

知世者，大道也。

知道者，方为智者。

古之王者，知人用人，以成王道；

古之臣者，知事用事，以成臣道；

① 赵蕤，字太宾，号东岩子，与李白并称唐代“蜀中二杰”。

今之智者，

学其正道，阐史弘道，

胜己心道，处世大道。

以道为本

《文子[①]·道德篇》云：

文子问政。老子曰：

御之以道，养之以德。

君子务本。

高攀龙[②]《高子遗书》云："以孝义为本。"

《文子·自然篇》云："道德者，功名之本也。"

《晏子春秋·内篇杂下》云："廉者，政之本也。"

为人以孝为本，

为事以德为本，

为政以廉为本。

统而言之，以道为本。

---

① 文子，姓辛氏，号计然，春秋战国时期的哲学家。《汉书·艺文志》道家类著录《文子》九篇。

② 高攀龙，字存之，号景逸，明万历进士，明朝东林党领袖，因弹劾魏忠贤及其党羽被革职，投水而死。

读书向道

汤宾尹[1]《睡庵文集》云：

凡为文者，

必有文章之骨。

意象峻嶒，

孤来脊往，

宁为一世人违其好恶，

而倔强垒块之气，

时时凸出于襟项间，

此谓文骨也。

凡读书者，

应有向道之心。

① 汤宾尹，字嘉宾，号睡庵，明万历二十三年榜眼，授翰林院编修，仕至南京国子祭酒，著有《睡庵文集》《宣城右集》《一左集》等。

夜读晨耕，

矢志持恒；

怀远致近，

意树心灯。

千古余韵流风，

洞明幻世浮生。

读书向道，修心在诚。

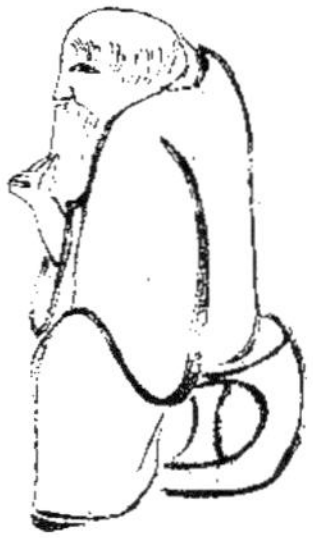

读书必佳

恽南田[1]《南田画跋》云：

意贵乎远，

不静不远也；

境贵乎深，

不曲不深也。

一勺水亦有曲处，

一片石亦有深处。

绝俗故远，天游故静。

古人云，

咫尺之内，

便觉万里之遥，

其意安在？

① 恽南田，字寿平，号南田，明末清初书画家，常州画派的开山祖师，与王时敏、王鉴、王翚、王原祁、吴历合称“清六家”。

书贵乎趣，

不妙不趣也；

道贵乎简，

不深不简也。

一句话亦有深处，

一部书亦有简处。

灵犀故妙，神思故趣。

今人谓：

字里行间，

顿感气象万千，

读书必佳。

读书味道

李瑞清[1]《玉梅花盦·书断》云：

学书尤贵多读书，

读书多则下笔自雅。

故自古来学问家不善书而其书有书卷气。

故书以气味为第一，

不然但成乎技，

不足贵矣。

读书尤贵精读书，

读书精则神思自涌。

故读书者善择书而其书有味道。

故读书以味道为上，

① 李瑞清，字仲麟，号梅庵，近现代教育家、书画家。

否则无味无趣，

何以入道。

读书之味，意在言外；

读书之道，柳暗花明。

读书初心

洪应明[1]《菜根谭》云：

念头起处，

才觉向欲路上去，

便挽从理路上来。

一起便觉，一觉便转，

此是转祸为福、

起死回生的关头，

切莫轻易放过。

读书初心，

才察向歧路上去，

就重回正路上来。

① 洪应明，字自诚，号还初道人，明代学者，明神宗万历年间在世，著有《菜根谭》《仙佛奇踪》等。

一心向明，一明即行，
此是祛邪为正、
防微杜渐之首关，
巩牢首关，方为大道。

规矩

《史记·礼书》云：
人道经纬万端，
规矩无所不贯。
诱进以仁义，
束缚以刑罚。

书道纵横万象，
规矩自在其中。
劝学以礼义，
慎独以廉耻；
力践以孝悌，
心诚以忠信。
韩非子《解老》云：
“万物莫不有规矩。”

人道之规在于德，

书道之规在于心，

官道之规在于廉，

友道之规在于淡。

读书明道

屠隆[1]《娑罗馆清言》云：

人若知道，则随境皆安；

人不知道，则触途成滞。

人不知道，则居闹市生嚣杂之心，将荡无定止；

居深山起枯寂之想，或转忆炎嚣。

读书明道，则触类旁通；

读不明道，则触目惊心。

读书明道，则冷观声色犬马，淡泊尘嚣，

读好书启明心之思，

正可谓“朝闻道”[2]。

① 屠隆，字长卿，号鸿苞居士，明代学者。

② 语出《论语·里仁》，全句：“朝闻道，夕死可矣。”

读书思悟

申涵光[1]《荆园小语》云：
驰马思坠，挞人思毙，
妄费思穷，滥交思累，
先事预防之道。

读书思悟，待人思敬，
做事思勤，交友思信，
生活思俭，立身思廉。
为人之道思诚，
为事之道思明，
为学之道思恒，
为政之道思公。

① 申涵光，字孚孟，号凫盟，明末清初诗人、学者，河朔诗派领袖人物。与殷岳、张盖合称“畿南三才子”。著有《聪山集》《荆园小语》等。

读书三有

王昌龄《诗中密旨》“诗有三格”云：

一曰得趣，二曰得理，三曰得势。

得趣一，谓理得其趣，咏物如合彻，为之上也。

得理二，谓诗首末确语不失其理，此谓之中也。

得势三，诗曰“放旷丘园里，逍遥江海心”。

读书三有：

一曰有识，

二曰有味，

三曰有心。

有识一，读书重识见，求知为智；

有味二，读书重味道，求趣为韵；

有心三，读书重心性，求境为乐。

读书大般若

《曾国藩家书》云：

常沉静，则含蓄义理而应事有力。

常读书，

则清心明理而修身养性。

常思考，

则神驰古今而开阔胸襟。

常践行，

则行成于思而砥砺精进。

常心悟，

则识见如箭而智慧如火。

般若，佛教用语“智慧”之意，

般若为无上智。

读书可开悟，

读书即大般若。

人生如书

饶宗颐[1]《固庵词·小引》说：

萧晨暮夜，生灭纷如，画趣禅心，触绪间作，

江山风雨，助我感怆，删汰之余，都为一卷。

宁为无益之务，且遣有情之生。

人生如书。

涛翻云涌，卷开卷闭；

大化流衍，生生不息；

瑶琴朱弦，抱道息机；

长空片云，涵养吾气。

人生输赢一笑间，大道阴阳万象里。

① 饶宗颐，字固庵，号选堂。在敦煌学、甲骨学、文艺学、考古学、书画诸方面卓有建树。

读者之道

齐白石《为弟子题词》云：
画者，寂寞之道。

读者，修心之道。
思者，守静之道。
《黄帝内经》云：
“静则神藏，躁则消亡。”
神藏祛躁，践行之道。
修身养性，开悟之道。

心性之行

王阳明《传习录》说：

心之本体即是性，性即是理。

《二程遗书》说：

心即性也。

心性一体，心性合一。

君子所性，仁义礼智根于心。

王阳明说“心即理”，

由体起用，起用而明体；

通过体悟之行，才能真正步入道境。

人生之道

《贞观政要·慎终》云：

非知之难，行之惟难；

非行之难，终之斯难。

非学之难，思之尤难；

非思之难，践之实难；

非践之难，终之悟难。

学思践悟，次第深入；

人生之道，攻坚克难。

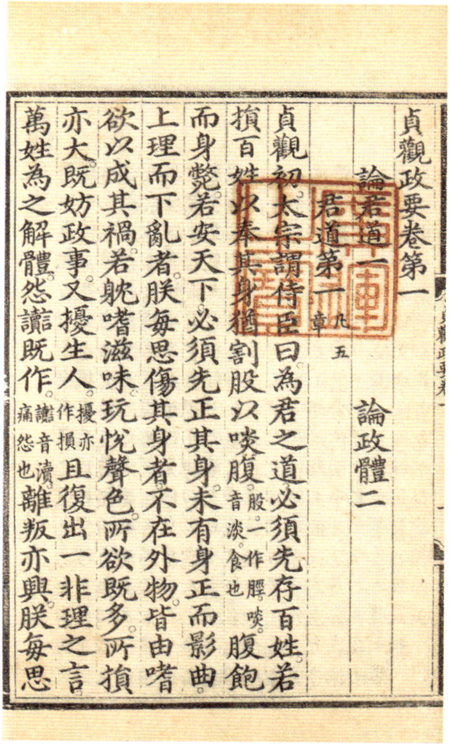

貞觀政要卷第一

論君道一　論政體二

君道第一 凡五章

貞觀初太宗謂侍臣曰為君之道必須先存百姓若

損百姓以奉其身猶割股以啖腹 股一作脛啖音淡食也 腹飽

而身斃若安天下必須先正其身未有身正而影曲

上理而下亂者朕每思傷其身者不在外物皆由嗜

欲以成其禍若躭嗜滋味玩悅聲色所欲既多所損

亦大既妨政事又擾生人 擾亦作損 且復出一非理之言

萬姓為之解體怨讟既作 讟音瀆痛怨也 離叛亦興朕每思

《贞观政要》十卷，
明成化元年（1465）内府刻本

修养真气

《曾国藩家训》云：
养得胸中一种恬静。

育得心中一种浩气。
悟得思中一种静气。
立得志中一种勇气。
存得骨中一种清气。
修养得真气，
思悟得真修，
励志得真行。

载道之器

胡居仁[①]《居业录》云：
思其所当思，言其所当言，
行其所当行，乃立诚也。

学其所当学，践其所当践，
悟其所当悟，乃立心也。
学思践悟，言行一致，
以诚立心，以德立身，
必成载道之器。

① 胡居仁，字叔心，号敬斋，明代理学家，布衣终身。万历中，追谥文敬，从祀文庙，著有《易象抄》《易通解》《敬斋集》《居业录》等。

学而知之

《仪礼注疏·士冠礼第一》云：
天下无生而贵者。

世上无生而知者。
故世人
学而知之为重，
思而明之为要，
践而行之为本，
悟而觉之为智。
学则重在视野，
思则要在本心，
践则本在天下，
悟则智在境界。

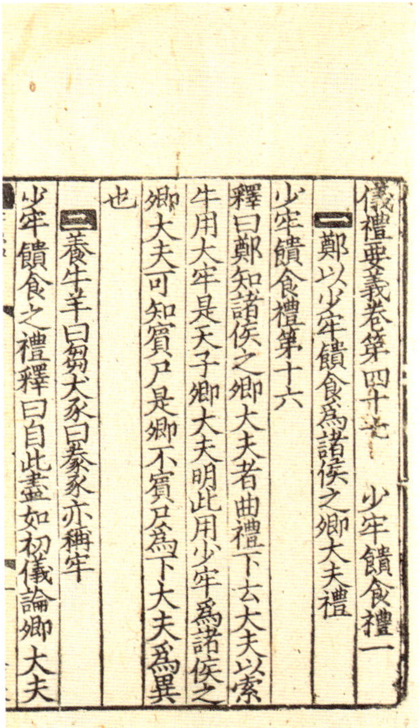
儀禮要義卷第四十七　少牢饋食禮一
一鄭以少牢饋食爲諸侯之卿大夫禮
少牢饋食禮第十六
釋曰鄭知諸侯之卿大夫者曲禮下云大夫以索
牛用大牢是天子卿大夫明此用少牢爲諸侯之
卿大夫可知賓尸是卿不賓尸爲下大夫爲異
也
二養牛羊曰芻犬豕曰豢豕亦稱牢
少牢饋食之禮釋曰自此盡如初儀論卿大夫

《仪礼要义》五十卷，
宋淳祐十二年（1252）魏克愚刻本

遵道贵德

《论语·宪问》孔子曰：
志于道，据于德，
依于仁，游于艺。

这可谓孔门“四句教”：
以道为根本，
以德为依据，
以仁为凭借，
活动于六艺之中。
《孟子·尽心上》云：
“穷则独善其身，
达则兼济天下。”
老子《道德经》云：
“万物莫不遵道而贵德。

道之遵，德之贵，
夫莫之命而常自然。”
君子遵道，道法自然；
君子贵德，德为依据。
修身遵道而行，
立德问心无愧。

道德铭

《论语》子曰：

志于道，据于德。

儒家倡“四维八德”[①]“人伦五常”[②]，

佛家讲“四摄六度”[③]“五戒十善”[④]，

道家奉老子《道德经》为圭臬。

道德当身，不以物惑；

---

① 四维即礼、义、廉、耻；八德即忠、孝、仁、爱、信、义、和、平。

② 人伦五常：古代中国的五种人伦关系君臣、父子、兄弟、夫妇、朋友，五常即仁、义、礼、智、信，是规范人伦的准则。

③ “四摄”指修菩萨行者度人的四种方法，即布施摄、爱语摄、利行摄、同事摄；“度”在梵语里是解释为“到彼岸”，即是从烦恼的此岸度到觉悟的彼岸；“六度”就是六个到彼岸的方法，即施度、戒度、忍度、精进度、禅度、慧度。

④ “五戒”是大乘佛教的五条戒律：一不杀生，二不偷盗，三不邪淫，四不妄语，五不饮酒；“十善”指十种善业，即不杀生、不偷盗、不邪淫、不妄语、不两舌、不恶口、不绮语、不贪、不嗔、不痴。

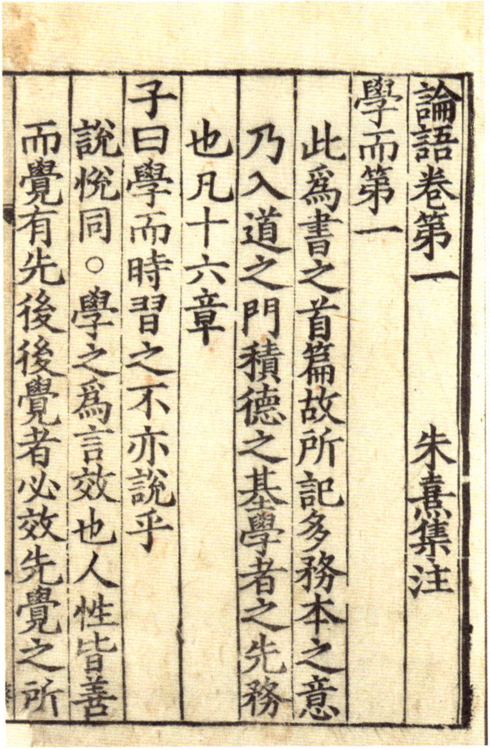

論語卷第一　　朱熹集注

學而第一

此爲書之首篇故所記多務本之意乃入道之門積德之基學者之先務也凡十六章

子曰學而時習之不亦說乎

說悅同。學之爲言效也人性皆善而覺有先後後覺者必效先覺之所

《四书章句集注》二十八卷，宋嘉定十年（1217）当涂郡斋刻嘉熙淳祐递修本

立德为本，道映天下。

《大戴礼记》[1]说：

“道者，所以明德也；

德者，所以遵道也。”

古人道德之论，切遵、切记！

① 《大戴礼记》：《礼记》是解释礼经的著作。《大戴礼记》即西汉戴德所辑的《大戴礼记》85篇，今存39篇。其侄戴圣《小戴礼记》46篇，东汉马融补3篇，共为49篇。东汉郑玄为《小戴礼记》49篇作注，从而广泛流传，后收入《十三经注疏》。

天下之心

王阳明《传习录》云：

心狭为祸之根，

心旷为福之门。

心平为人之常，

心谦为人之明，

心敬为人之贵，

心清为人之缘，

心静为人之慎，

心诚为人之本。

曾国藩云：

“天下事当以天下心出之。”

立心既正，内修外用，

为政以公，天下大道。

敬而无失

《孝经》主张“广敬”：

敬亲者，

不敢慢于人。

礼者，敬而已矣。

敬长者，

不敢傲于人；

敬师者，

不敢弱于人；

敬尊者，

不敢后于人；

敬友者，

不敢嗔于人。

二程《二程遗书》云：

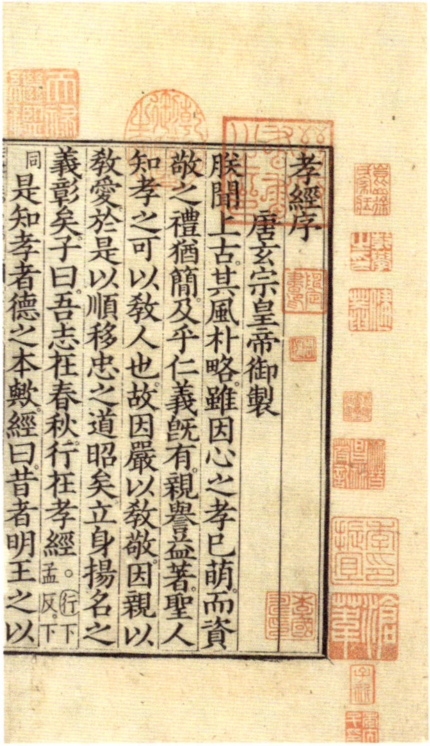
孝經序
唐玄宗皇帝御製
朕聞上古其風朴略雖因心之孝已萌而資
敬之禮猶簡及乎仁義既有親譽益著聖人
知孝之可以教人也故因嚴以教敬因親以
教愛於是以順移忠之道昭矣立身揚名之
義彰矣子曰吾志在春秋行在孝經（行下孟反下同）
是知孝者德之本歟經曰昔者明王之以

《孝经》，元相台岳氏荆溪家塾刻本

“涵养须用敬。”
朱熹《朱子语类》云：
“大凡学者须先
理会‘敬’字，
‘敬’是立脚去处。”
敬而存养，敬而立足，
敬而心诚，敬而无失。

人生之求

陆绍珩[1]《醉古堂剑扫》云：

求见知于人世易，
求真知于自己难。
求粉饰于耳目易，
求无愧于隐微难。

求读书于精熟易，
求开悟于自心难。
求事业于显绩易，
求积淀于潜绩难。
恒持修身，就是前程。
但求心悟，活得明白。

① 陆绍珩，字湘客，明代诗人。

学思践悟

郑成功自勉读书联云：

养心莫若寡欲，

至乐无如读书。

强记莫若勤学，

博闻无如善思。

论道莫若力践，

解惑无如明悟。

《曾国藩家训》云：

“吾人只有进德、修业

两事靠得住。”

今谓：

吾辈必靠

学、思、践、悟

四字站住脚。

“学思践悟”小议

赵南星[①]《示人》云：

无所疑而知者，必非真知。

无所苦而乐者，必非真乐。

无所信而诚者，必非真诚。

无所戒而慎者，必非真慎。

无所畏而敬者，必非真敬。

无所守而廉者，必非真廉。

无所问而学者，必非真学。

无所读而思者，必非真思。

无所本而践者，必非真践。

无所明而悟者，必非真悟。

诚慎敬廉人之本，学思践悟学之道。

---

① 赵南星，字梦白，号侪鹤，明万历二年进士，东林党人首领之一。著有《芳茹园乐府》《赵忠毅公集》等。

“学思践悟”再议

王夫之《周易外传》云：

才以用而日生，

思以引而不竭。

学以恒而日进，践以实而不虚，

悟以觉而路通。

学之恒则天高地宽，

思之引则返璞归真，

践之实则身心交益，

悟之觉则豁人性灵。

“学思践悟”三议

胡宏[①]《知言·纷华》云：
学贵大成，不贵小用，
大成者，参于天地之谓也；
小用者，谋利计功之谓也。

思贵深入，不贵浅尝，
深入者纵横古今，浅尝者浮光掠影。
践贵务实，不贵虚功，
务实者内圣外王，虚功者误事害己。
悟贵心悟，不贵盲从，
心悟者知心明己，盲从者迷心惑己。
学思践悟归于悟，
真悟假悟在于心。

① 胡宏，字仁仲，号五峰，人称五峰先生，胡安国子，南宋湖湘学派创立者，著作有《知言》《皇王大纪》《易外传》等。

“学思践悟”四议

彭汝让[1]《木几冗谈》云：

造诣不尽者，天下之人品；

读不尽者，天下之书。

天下之书学不尽，

天下之事思不尽，

天下之路践不尽，

天下之理悟不尽。

自知才有不尽之学，

明心才有不尽之思，

求索才有不尽之践，

闻道才有不尽之悟。

---

① 彭汝让，字钦之，明万历元年副榜，为隆万诗社十八子之一，著有《木几冗谈》。

“学思践悟”五议

吕坤[1]《呻吟语》云：
振则须起风雷之益，
惩则须奋刚健之乾，
不如是，海内大可忧矣。

学则须持澄怀之静，
思则须骋风云之态，
践则须葆竦惕之韧，
悟则须明豁然之致。
如此，人生大可进益矣。

① 吕坤，字叔简，号新吾，明代学者，主要作品有《实政录》《呻吟语》等。

“学思践悟”六议

《汉书·董仲舒传》云：

正其谊不谋其利，

明其道不计其功。

学其理不求其名，

知其路不畏其险。

思其髓不尝其浅，

知其深不怕其难。

践其行不取其近，

知其远不惧其阻。

悟其道不拘其囿，

知其觉不怯其艰。

利器

王祎[1]《华川卮辞》云：

君子平居若无所事也，及涉于患难，

则智愈明，气愈平，志愈增，德愈成，道愈凝。

故曰：不遇盘根错节，无足以别利器。

利器破节，猛药治疴。

利器用于忧患，则身越硬，志越坚，

识越清，锋越锐，行越快。

故曰：盘根错节以别利器，

砥砺精进以识利器。

① 王祎，字子充，号华川，明代学者。洪武二年与宋濂总裁《元史》，书修成后升为翰林待制，同知制诰兼国史院编修官，教皇太子经学，后受命劝降元梁王，被杀，谥忠文。

永在路上

林逋[1]《省心录》云：

欲去病则正本，

本固则病可攻，

药石可以效；

欲齐家则正身，

身端则家可理，

号令可以行。

固其本，端其身，

非一朝一夕之事也。

常读书则清心，心静则欲可窒，

世态可以察；

---

① 林逋，字君复，北宋诗人。林逋隐居西湖孤山，终生不仕不娶，唯喜植梅养鹤，人称“梅妻鹤子”。宋仁宗赐谥“和靖先生”。

常思考则力践，践履则身可修，

大道可以悟。

静其心，履其践，

恰永在路上之事矣。

学而知道

《礼记·学记》云：

玉不琢，不成器；

人不学，不知道。

黄晞[1]《聱隅子·生学篇》云：

生而不知学，与不生同；

学而不知道，与不学同；

知而不能行，与不知同。

读而不知思，与不读同；

思而不知行，与不思同；

行而不觉悟，与不行同。

人之一生，贵在知道；

学而知道，重在心胜。

① 黄晞，字景微，北宋学者。

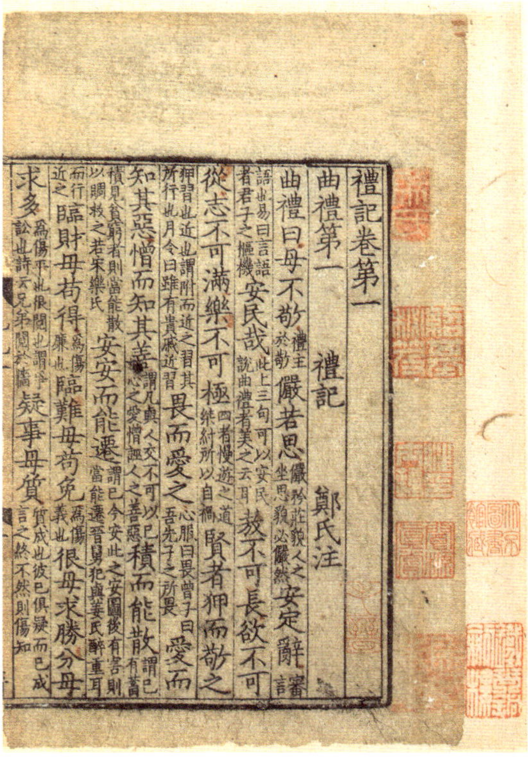

《礼记》二十卷，宋婺州义乌酥溪
蒋宅崇知斋刻本

读书四要

魏禧[1]《日录里言》云：

读书听言，当日省者四：

不虚心，便如以水沃石，一毫进入不得；

不开悟，便如胶柱鼓瑟，一毫转动不得；

不体认，便如电光照物，一毫把捉不得；

不躬行，便如水行得车，陆行得舟，一毫受用不得。

读书人生，当省察者四：

要学习，学如逆水行舟，不进则退；

要思考，思如春江水暖，觉者先知；

要践行，践如山穷水尽，柳暗花明；

要悟道，悟如云破月出，冬去春来。

---

① 魏禧，字冰叔，号裕斋，明末清初文人，与兄魏祥、弟魏礼并称“三魏”。

心为严师

倭仁[1]《日记》云：

克己则无不可处之人，

知足则无不可处之境。

精心则无不可读之书，

诚心则无不可交之友，

敬心则无不可立之身，

慎心则无不可察之地，

信心则无不可破之难，

初心则无不可行之旨。

倭仁有云：

“心为严师，随事精察。”

以心为师，终可问道。

① 倭仁，字艮峰，蒙古正红旗人，晚清大臣、理学家。以讲程朱理学受到清廷重用，历任工部尚书、文渊阁大学士，兼同治皇帝师傅职。同治十年，晋升为文华殿大学士。

人生悟门

马一浮[①]《尔雅台答问续编》说：

脱俗须具悟门，

诗中实有三昧。

古来达道者，

多从这里过。

人生悟门在于：

读万卷书，行万里路。

读书要从疑处入，从悟处出。

行路要从暗处寻，向明处行。

曾国藩说："万卷虽多，钩玄提要，数语而已。"

脚下有路，手上有书，心中有道。

① 马一浮，号湛翁，现代新儒家的早期代表人物之一，与梁漱溟、熊十力合称为"现代三圣"。

读书大智者

傅山[1]《杂记》云：

言语正到快意时，便截然能忍默得；

意气正到发扬时，便翕然能收敛得；

忿怒嗜欲正到腾沸时，便廓然能消化得。

非天下大勇者不能。

读书正到快心时，则欣然能沉思得；

勤学正到笃实时，则肃然能践行得；

修心正到谦慎时，则淡然能问道得。

正大智者之所能。

① 傅山，字青主，明清之际思想家、书法家、医家。著有《霜红龛集》《傅青主女科》《傅青主男科》等传世之作，在当时有“医圣”之名。

敬胜百邪

倭仁《为学大指》云：

居敬存心。

言忠信，行笃敬。

立则见其参于前也，

在舆则见其倚于衡也。

立身持敬。

学恭敬，思慎敬，

践谦敬，悟明敬。

心中敬则无事不明，

行笃敬则诸事可成。

倭仁有言："敬胜百邪。"

天之道，利而不害；

人之道，敬而不怠。

立字诀

魏象枢[1]《庸言》云：
贫贱立品，富贵立身，
方是天地间真男子。

修身立德，恪慎立言，
方是人世间真好汉。
勤奋立业，笃志立学，
方是人世间真本事。
虔诚立信，廉洁立人，
方是人世间真底线。

① 魏象枢，字环极，号庸斋，明末进士，入清官至左都御史、刑部尚书，有《寒松堂全集》九卷存世。

读书十景

阅一部飘逸之作，
恰似云飞霞举。
听两句彻悟之论，
恰似浪打涛立。
览三字启蒙之经，
恰似雾开雪霁。
参四空洞明之偈，
恰似晨流清溪。
赏五湖烟水之词，
恰似霜露铁笛。
观六合纵横之著，
恰似松古花奇。
读七分快心之书，
恰似山空林谧。

看八方风雨之史，
恰似长河旧驿。
忆九重登高之思，
恰似落木江去。
历十载寒窗之苦，
恰似缘崖孤梯。

读与行

开卷有益，
说古论今事理通；
功在书外，
走南闯北眼界宽。
读书何其乐，
薄书读厚，
厚书读薄；
世路何其难，
近路行远，
远路行近。
善学者尽其理，
善行者究其难。
读书贵有悟，
悟则可以启智；

读书重无欲，

欲则劳而无功。

书斋容我静，

名利任人忙。

读史论气

陆绍珩《小窗幽记》[1]曾言：
上马横槊，下马作赋，
自是英雄本色；
熟读《离骚》，痛饮浊酒，
果然名士风流。

楚魂沉湘，忠贞不替，
方为古来具气节者。
一诺千金，慷慨赴死，
方为古来具气魄者。
骥虽伏枥，足能千里，
方为古来具气宇者。

① 《小窗幽记》是清代人假托陈继儒之名将陆绍珩《醉古堂剑扫》编纂而成的清言小品集。

王侯将相，宁有种乎？
方为古来具气概者。
生当人杰，死亦鬼雄，
方为古来具气豪者。
济世救民，含羞忍辱，
方为古来具气量者。
剑雄万敌，笔扫千军，
方为古来具气韵者。
我才必用，黄金复来，
方为古来具气雄者。
采菊东篱，悠然见山，
方为古来具气骨者。
大江东去，煮酒笑谈，
方为古来具气势者。

天下之事

吕坤《呻吟语》云：

天下之事，

真知再没个不行，

真行再没个不诚，

真诚之行再没个不自然底。

自然之行不至其极不止，

不死不止，

故曰“明则诚”矣。

天下之人，

真心必有个所思，

真思必有个所为，

真为之思必有个真妙之处。

真妙之处不达其境不休，

不悟不休，

故曰“心则思”矣。

读书之要

朱熹《读书之要》云：

循序而渐进，

熟读而精思。

循序渐进方可入深，

熟读精思方可入境，

博见善择方可入识，

钩玄提要方可入道。

读之深，意远心照；

读之境，笔酣墨妙；

读之识，洞彻明了；

读之道，励行体要。

读书悟道

杨慎[1]《韬晦术》云：
是故用晦在乎择时，
择时在乎识几，
识几而待，
择机而动，
其惟智者乎？

是故读书重在悟道，
悟道重在践行，
践行明志，
悟道明心，
其益心志哉！

① 杨慎，字用修，号升庵，明代学者。正德六年状元及第，官翰林院修撰，参与编修《武宗实录》。

读书之功

唐岱[1]《绘事发微·读书》云：

胸中具上下千古之思，

腕下具纵横万里之势，

立身画外，

存心画中，

泼墨挥毫，

皆成天趣。

读书之功，

焉可少哉！

人生具天高海阔之襟，

识见具波谲云诡之明。

---

① 唐岱，字毓东，号静岩，清代画家。康熙帝甚赏其画，常召作画，赐称“画状元”。

践履世上，

涤怀境中，

言行举止，

皆有气度。

底蕴之积，

岂可少哉！

读书三悟

张潮[①]《幽梦影》云：

善读书者，

无之而非书：

山水亦书也，

棋酒亦书也，

花月亦书也。

善游山水者，

无之而非山水：

书史亦山水也，

诗酒亦山水也，

花月亦山水也。

① 张潮，字山来，号心斋居士，清初著名文学家，累试不第，不仕，编有《虞初新志》。

善读书者，

无事不为书：

古今亦书也，

天地亦书也，

世间亦书也。

善读书者，

无书不是书：

经史亦书也，

诗词亦书也，

乡谚亦书也。

读山水书，以悟意境；

读世间书，以悟心境；

读书中书，以悟尽境。

读书右铭

丁自申[1]《读书右箴》说：

耳读书而聪，

目读书而明，

心读书而一，

神读书而清，

疑读书而辨，

虑读书而莹，

饥读书而饱，

困读书而醒，

愠读书而喜，

愤读书而平。

噫，余白首未闻道兮，

唯读书毕此生！

---

① 丁自申，字明岳，号槐江，明嘉靖进士，藏书家，著有《三陵稿》。

今拟“读书右铭”云：

官读书而悟，

士读书而欣，

傲读书而谦，

败读书而进，

闲读书而快，

苦读书而辛，

褊读书而旷，

嗔读书而静，

贪读书而淡，

痴读书而灵。

噫，吾游心未体道兮，

唯读书求自在！

读书三昧

阮葵生[1]《茶余客话》云：
黄山谷论作字：
心能转腕，
腕能转笔；
肥字须有骨，
瘦字须有肉，
为书家三昧。
作诗成家后，
方悟此妙。

爱书人品读书：
书能入心，

① 阮葵生，字宝诚，号吾山，清乾隆进士，工诗善文，撰有《风雅蒙求》《茶余客话》及《七录斋诗文钞》。

心能入书；
厚书能读薄，
薄书能读厚，
为读书三昧。
知行合一后，
方悟此道。

味在妙合

谢榛[1]《四溟诗话》云：
凡作诗不宜逼真，
如朝行远望，
青山佳色，隐然可爱，
其烟霞变幻，难以名状，
及登临非复奇观，
惟片石数树而已。
远近所见不同，
妙在含糊，方见作手。

凡读书不宜浮泛，
如曲径通幽，

① 谢榛，字茂秦，号四溟山人，终身不仕。明嘉靖间携诗卷游京师，与李攀龙、王世贞等结社，倡导文学复古运动，为“后七子”之一。

移步换景，胸襟廓然，

其步步深入，重重悉见，

及静思悟其大旨，

惟平常数语而已。

深浅所悟不同，

味在妙合，方为真趣。

读书四悟

黄炎培[①]说：

读《道德经》，得一结论：

为而不争；

读《金刚经》，得一结论：

如如不动。

读《红楼梦》，得一感悟：

做人如水；

读《水浒传》，得一感悟：

做友如山；

读《西游记》，得一感悟：

① 黄炎培，字任之，号楚南，笔名抱一。早年从事实业及职业教育，抗战时期撤退到重庆，任国防会议参议员，1941 年发起中国民主同盟并任第一任主席。

做局如戏；

读《三国》，得一感悟：

做事如战。

读书之境

潘德舆[1]《养一斋诗话》云：

神理意境者何？

有关寄托，一也；

直抒己见，二也；

纯任天机，三也；

言有尽而意无穷，四也。

读书之境如何？

直指人心，一也；

豁然开朗，二也；

妙趣横生，三也；

读之先行之后，四也。

静心，生命之真；

悟境，读书之乐。

---

① 潘德舆，字彦辅，号四农，清代诗人，道光举人，著有《养一斋集》《养一斋诗话》《李杜诗话》。

读书三境

纷华久厌，惟喜读书，
阅世悟理，襟旷心足。

一议读书苦境：
苦读晨暮，滋味淡无，
寂寞寻路，只有再读。
释绍昙[1]诗云：
“灯窗苦读觉身癯，
暂握筇枝访野夫。”

二议读书乐境：

① 释绍昙，字希叟，宋代著名诗僧。先后住平江府法华禅寺、庆元府雪窦资圣禅寺、庆元府瑞岩山开善禅寺，著有《五家正宗赞》《希叟绍昙禅师语录》《希叟绍昙禅师广录》等，均收入《续藏经》。

夜灯听雨，闭门自在，
好书旧友，清茗骋怀。
陈必复[1]诗云：
“闭门惟有读书乐，
爱客苦无佳士来。”

三议读书尽境：
书简笔老，言简意妙，
钩玄数语，尽得其要。
气蕴含藏有真味，
读书尽境简为高。

① 陈必复，字无咎，号药房，宋诗人。诗皆五七言律诗，多写隐居生活及描写自然风物，著有《山居存稿》一卷。

读书心读

《吕氏春秋·季春纪·先己》云：
欲胜人者必先自胜，
欲论人者必先自论，
欲知人者必先自知。

欲读书者必先心读，
欲思书者必先心思，
欲践书者必先心践，
欲悟书者必先心悟。
《吕氏春秋·不苟论·自知》云：
“欲知平直，则必准绳；
欲知方圆，则必规矩。”
欲明人生，
则必入世历练；
欲明道理，
则必入心求索。

真读书者

张廷玉《明史·汤和传》云：

成远算者不恤近怨，

任大事者不顾细谨。

真读书者不限眼前，

任重责者不畏艰险。

真学习者不仅书本，

任民事者不弃根本。

真思考者不会浅尝，

任先遣者不惧探索。

真践行者不怕危途，

任难题者不止破关。

真悟道者不究小道，

任处众者不誉自身。

读书之道

荆浩[1]《笔法记》云：

山水之象，气势相生。

凡笔有四势，

谓筋、肉、骨、气：

笔绝而（不）断谓之筋；

起伏成实谓之肉；

生死刚正谓之骨；

迹画不败谓之气。

读书之道，乐在其中。

凡书有四道，

① 荆浩，字浩然，号洪谷子，五代后梁画家，擅画山水，为北方山水画派之祖。所著《笔法记》为古代山水画理论的经典之作，现存作品有《匡庐图》《雪景山水图》等。

曰精、气、神、韵：
钩玄提要谓之精，
一以贯之谓之气，
灵游笔端谓之神，
弦音余袅谓之韵。

人生格局

《曾国藩语录》云：

居心平，

然后可历世路之险。

盘根错节，

可以验我之才；

波流风靡，

可以验我之操；

艰难险阻，

可以验我之思；

震撼折衡，

可以验我之力；

含垢忍辱，

可以验我之操。

居心正，
然后可历宦海之艰。
气象浑穆，
可以验我之学；
波谲云诡，
可以验我之思；
急难险重，
可以验我之践；
涤情荡欲，
可以验我之悟。
人生格局，
艰难就是出路；
人生气象，
峥嵘就是境界；
人生学思，
实践就是悟道。

大家之书

朱庭珍[1]《筱园诗话》论“大家之诗”云：

雄浑而兼沉著，

高华而实精切，

浑厚而能微妙，

流丽而极苍坚。

“大家之书”：

风趣而兼透彻，

大气而极开阔，

入情而又入理，

治烦而能去惑。

品大家之诗，水秀山明；

读大家之书，今生醒豁。

① 朱庭珍，字筱园，光绪举人，著有《筱园诗话》《穆清堂诗钞》等。

人生之知

南（怀瑾）老云：
人生两境界——
一个知道，一个知足。
知道，让人活得明白；
知足，让人活得平和。

南老讲“两知”：知道、知足。
《周易》讲“四知”：
“君子知微知彰、知柔知刚。”
为人处事要做到：
知己，才能立足当下；
知彼，才能料事为先；
知心，才能洞微察烛；
知势，才能因势利导。

知道者，

“道通天地有形外”。

知足者，

知足常乐风云中。

读书大道

王永彬[1]《围炉夜话》云：
处世以忠厚人为法，
传家得勤俭意便佳。

读书以明白人为道，
处众持敬畏心则上。
《唐书》曾言：
“奢侈者，危亡之本。”
故读书人处世以忠厚，
传家以勤俭，
处众以敬畏，
读书以明白，
方为读书大道。

① 王永彬，字宜山，清代学者。著有《围炉夜话》。

心明造化

吴融[1]《赠广利大师歌》云：

化人之心固甚难，自化之心更不易，

化人可以程限之，自化元须有其志。

自我造化，

须自胜、自强、自尊、自省。

自胜者英，自强者雄，

自尊者豪，自省者杰。

此谓英雄豪杰。

罗大经《鹤林玉露》诗云：

“天向一中分造化，

人从心上起经纶。”

心有经纶，明其造化。

---

① 吴融，字子华，晚唐诗人，存有《唐英歌诗》。

读无字书

鹿善继《四书说约》云：

读有字书，

却要识没字理。

读古时书，

却要行今时路。

读出世书，

却要思入世事。

读清心书，

却要辨贪心人。

读社交书，

却要知慎交友。

王廷相《慎言》云：

“学博而后可约，

事历而后知要。”

读书而后可识，

择书而后明义。

读有字书，知天下事；

读无字书，行天下路。

知　　行

六攻

《管子·重令》讲“六攻”：
亲也，贵也，货也，色也，
巧佞也，玩好也。

古之“六攻”，今之围猎。
入世之人，不可不慎。
古人云“亲则疏”，
实有大道理在。
何为贵？
自尊为贵，奢贵为耻。
货、色、巧佞，拒之可廉。
爱好一事，则须自慎。
心中有戒，六攻可破。

做事之为

赵世显[①]《一得斋琐言》云：

难事，

有志竟成，心分则废。

远道，

缓行亦到，性急何为？

急事，

急则治标，缓则治本。

险事，

有胆克坚，心怯则败。

重事，

勇者可担，弱者难为。

① 赵世显，字仁甫，明万历进士，著有《芝园稿》《一得斋琐言》。

曾国藩《曾文正公嘉言钞》云：
“功不独居，过不推诿。”
急事先为，未必重要；
难事能为，不必推诿；
险事敢为，定必炼身；
重事作为，势必成事。

学砺其身

王符[1]《潜夫论》云：

工欲善其事，

必先利其器；

士欲宣其义，

必先读其书。

书欲明其理，

必先得其心；

人欲砺其身，

必先修其德；

学欲神其思，

必先践其行。

① 王符，字节信，东汉思想家，著有《潜夫论》。

《尸子》云：

“今人皆知砺其剑，

而弗知砺其身。

夫学，身之砥砺也。”

思，心之铸炼也。

践，德之熬磨也。

悟，神之静参也。

读书祛庸

邓石如[1]自题联云：

容人却侮，谨身却病，
小饮却愁，少思却梦，
种花却俗，焚香却秽；
静坐补劳，独宿补虚，
节用补贫，为善补过，
息忿补气，寡言补烦。

读书祛庸，力行祛懒，
处众祛散，恪俭祛奢，
守静祛贪，多思祛痴；

① 邓石如，字顽伯，清代篆刻家、书法家，邓派篆刻创始人。工四体书，尤长于篆书，有《完白山人篆刻偶存》。

耐苦修身，离妄修心，
清湛修行，慎独修德，
笃学修智，虔信修诚。

识与断

林逋《省心录》云：
外事无大小，中欲无浅深，
有断则生，无断则死，
大丈夫以断为先。

处事有真假，应对有原则，
有识则明，无识则误。
薛瑄[①]《从政录》云：
“处事识为先，断次之。”
先断后识，忙中出错；
先识后断，诸事可成。

① 薛瑄，字德温，号敬轩，明代理学家，河东学派创始人，世称“薛河东”。永乐进士，官至通议大夫、礼部左侍郎兼翰林院学士。著作集有《薛文清公全集》。

四戒四宜

纪晓岚[1]《寄内子论教子书》说“四戒四宜”：

四戒，即戒晚起，戒懒惰，

戒奢华，戒骄傲；

四宜，即宜勤奋读书，宜尊敬老师，

宜爱众乐群，宜谨慎饮食。

四戒，即戒浮躁，戒庸俗，

戒奢靡，戒烦琐；

四宜，即宜读书有悟，宜工作有序，

宜处众有信，宜生活有节。

四戒使人心明，

四宜使人进步。

① 纪昀，字晓岚，晚号石云。清代学者，曾任《四库全书》总纂修官，著有《阅微草堂笔记》等。

人生四病四药

欧阳修《伶官传序》云：

祸患常积于忽微，

而智勇多困于所溺。

浮躁常起于欲心，

而沉潜多来于所学。

烦苛常囿于惑心，

而简单多来于所思。

浅薄常拘于傲心，

而厚重多来于所践。

自矜常兴于慢心，

而自谦多来于所悟。

浮躁、烦苛、浅薄、自矜，人生四病；

沉潜、简单、厚重、自谦，人生四药。

践一语

林鸿[1]《饮酒》云：

一语不能践，

万卷徒空虚。

一学不能思，学习终归罔。

一践不能悟，知行未合一。

着力践一语，修身正此时。

钱钟书曾云：

“如果不读书，

行万里路，也只是个邮差。”

只行不读则浅，

只读不践则空。

① 林鸿，字子羽，明诗人，为“闽中十才子”之首。著有《鸣盛集》。

人生八有

晁说之[1]《晁氏客语》云：

不思，故有惑；

不求，故无得；

不问，故不知。

不庸，故有进；不懒，故有勤；

不散，故有合；不奢，故有俭；

不浮，故有明；不躁，故有慎；

不骄，故有谦；不贪，故有规。

人生八有，其力破难。

① 晁说之，字以道，自号景迂生，宋元丰进士。钦宗时，因主张抗金而被免官，北宋灭亡后流寓南方，建炎三年死于漂泊途中，著有《晁氏客语》《景迂生集》等。

十二者

林语堂《生活的艺术》云：
愚者有智慧，缓者有雅致，
钝者有机巧，隐者有益处。

礼者有规矩，义者有大勇，
廉者有操守，耻者有不为，
诚者有笃行，信者有承诺，
敬者有慎重，畏者有底线。
礼义廉耻四维立，
诚信敬畏做人基。

人生四立

《薛方山[1]纪述》云：

学者

不患立志之不高，

患不足以继之耳；

不患立言之不善，

患不足以践之耳。

思者

不患立信之不深，

患不足以真之矣；

践者

不患立德之不悖，

① 薛应旂，字仲常，号方山，明代学者、藏书家，主要著作有《宋元资治通鉴》《考亭渊源录》《甲子会记》《四书人物考》《薛方山纪述》等。

患不足以实之矣；
悟者
不患立心之不透，
患不足以明之矣。
学者立志继，
思者立信真，
践者立德实，
悟者立心明。
天下事，无妄思，
精进行，吾之心。

人生八难

施耐庵《水浒传》云：
人无刚骨，安身不牢。

人无铁肩，道义难担；
人无慧眼，万卷难识；
人无慎口，规矩难守；
人无勤手，宏图难画；
人无健足，天下难走；
人无逆耳，忠友难交；
人无强身，困苦难克；
人无定心，浮躁难消。

修身心要

《春秋公羊传注疏序》云：
昔者孔子有云：
“吾志在《春秋》，
行在《孝经》。”
此二学者
圣人之极致，
治世之要务也。

昔孔子有“志于道，据于德”之论，
今谓“志于修身，据于修心”。
故学在经历，思在观心，
践在红尘，悟在自觉。
此四者今人读书入世之纲目，
修身之心要也。

人生四求

《曾国藩家书》云：

治生不求富，
读书不求官，
修德不求报，
为文不求传，
譬如饮不醉，
陶然有余欢，
中含不尽意，
欲辨已忘言。

读书不求才，
修身不求名，
为政不求权，
处众不求利。

读书求贤则学进，
修身求德则身立，
处众求和则事顺，
为政求正则业成。

人生之气

《曾国藩家训》云：

男儿自立，

必须有倔强之气。

志者自奋，

必须有浩然之气；

学者自励，

必须有风发之气；

德者自修，

必须有砥砺之气；

智者自明，

必须有精思之气；

健者自苦，

必须有磨炼之气；

慎者自诫，

必须有自省之气。

人生之气在于养，

人生之路在自强。

读书立人

姚琮[1]《史逡·原序》云：

鉴古知今，惟宜读史。

史之所含至广，苟能融会贯通，

则立德、立言、立功皆有所准绳，

发扬而光大之，存乎其人。

只有反思，才有精进。

只有韬光，才能重生。

透过历史认识自己。

知史知心，只有读书。

书可包罗万象，

如能洞烛察微，

① 姚琮，1911 年参加辛亥革命，1931 年赴日本考察警政，写有《日本警政考察记》一书。

则修身、修心、修道俱有所遵循。

朱熹云：“循序而渐进，熟读而精思。”

可谓读书立人。

阅历四字

魏禧《日录里言》云：

当事来，

要辨得是非利害四字，

是非有时朦胧，

须要一个透；

利害最难逆料，

且辨一个稳。

然我辈立身，

利害要看得轻，

是非要看得重。……

利害不明，累在一时；

是非不明，累在万世。

又曰辨是非利害，

又要识得

大小、轻重、缓急六字。

阅历中，
要明晓真伪对错四字，
真伪有时模糊，
须要一个辨；
对错时难判定，
且要一个论。
但通常处事，
真伪要心中明，
对错要事上见。
真伪不明，必入歧路；
对错不定，无以前行。
再说辨真伪对错，
又要明了
审力、审机、审势六字。

读书者品贵

张英[①]《聪训斋语》云：
读书者不贱，
守田者不饥，
积德者不倾，
择交者不败。

学习者品端，
读书者品贵，
思想者品正，
慎行者品坚。
品端则精自纯，

① 张英，字敦复，清康熙进士，以编修充日起居注官，累迁礼部尚书，兼管翰林院詹事府，卒谥文端，著有《笃素堂诗集》《存诚堂应制诗》《文端集》等。

品贵则气自华，
品正则神自清，
品坚则韵自雅。

修身修心

林逋《省心录》云：

古之人修身以避名，今之人饰己以要誉，

所以古人临大节而不夺，今人见小利而易守。

君子则不然，

无古无今，无治无乱，

出则忠，入则孝，用则知，舍则愚。

修身避名古人心，

饰已要誉今人耻。

故修身必修心，守身必守界。

有志者必然，

知古知今，知治知乱，

循其道，遵其义，用其智，祛其恶。

洞察世情烛其微，

明晓世尘精其进。

做事诀

杨时[1]《二程粹言·论事》云：

惟笃实可以当大事。

惟大观可以明时事，

惟睿智可以担要事，

惟明断可以处急事，

惟潜心可以做实事，

惟忍耐可以历苦事，

惟坚持可以克难事。

处事，炼人之识；

做事，增人之智。

① 杨时，字中立，号龟山，北宋哲学家，熙宁进士，先后学于程颢、程颐，同游酢、吕大临、谢良佐并称“程门四大弟子”。晚年隐居龟山，称龟山先生。

做事省察

申涵光《荆园小语》云：

人言果属有因，深自悔责；

反躬无愧，听之而已。

古人云：何以止谤？曰无辩。

辩愈力，则谤者愈巧。

做事确实有瑕，则应省察；

反思有得，随之砥砺。

曾国藩《曾文正公嘉言钞》云：

“百种弊病，皆从懒生。”

倭仁《日记》云：

“万恶从懒散生，意念萌处欲多理少，危哉！”

勤着力，祛懒弃惰，则诸事可成。

做事三明

周煇[1]《清波杂志》云：

古儒士为文，当从三易：

易见事，一也；

易识事，二也；

易读诵，三也。

古人为文，当从三易；

今人做事，当从三明。

一当明事，明事可知事实，明真伪。

二当明理，明理可知事理，明是非。

三当明心，明心可知事本，明利弊。

① 周煇，南宋文人，绍兴年间曾应试博学鸿词科，晚年隐居钱塘清波门，不愿为仕，以藏书为事。著有《清波杂志》《清波别志》《北辕录》。

谋事三审

《曾国藩书信》云：

审机审势，犹在其后，

第一贵审力。

审力者，知己知彼之切实功夫。

谋事三审。

第一审力：用兵贵审力，读书贵审书。

知己知彼，百战不殆。

第二审机：把握机遇，机不可失，

难关可过，诸事可成。

第三审势：时势造英雄。

顺势而为，顺理而谋，顺时而行。

审力者有自知之明，

审机者有知机之明，

审势者有察势之明。

凡事之论

张潮《幽梦影》云：

凡事不宜刻，若读书则不可不刻；

凡事不宜贪，若买书则不可不贪；

凡事不宜痴，若行善则不可不痴。

凡事不宜避，若私利则不可不避；

凡事不宜惧，若底线则不可不惧；

凡事不宜急，若祛恶则不可不急。

凡事有识才有断，

凡事有智才有勇，

凡事有行才有成。

以书观心

《群书治要·韩子治要·观行》云：

古之人目短于自见，

故以镜观面；

智短于自知，

故以道正己。

目失镜，

则无以正须眉；

身失道，

则无以知迷惑。

读书人思拙于自明，

故以书观心；

行拙于自胜，

故以德修身。

思无书，
则无以广识见，
行无德，
则无以知敬畏。
以书观心则心悟，
以德修身则身正。

读书思意

《管子·白心》云：
知其象则索其形，
缘其理则知其情，
索其端则知其名。

读其书则思其意，
践其行则悟其道，
修其心则慎其身，
察其势则定其策，
勤其事则尽其责，
持其廉则坚其志。
葛洪《抱朴子》云：
“治身养性，务谨其细。”
智者不为私利谋，
勇者不被私心困。

书友之道

马一浮《读书法》论“读书之道”：

一曰通而不局，

二曰精而不杂，

三曰密而不烦，

四曰专而不固。

交友之道：

一为淡而不疏，

二为容而不狭，

三为砥而不离，

四为助而不替。

隔心而寡信者，疏也；

局限而短视者，狭也；

怨恚而相厌者，离也；

大包而大揽者，替也。

读书做人

左宗棠《左文襄公全集》云：

做人，精明不如厚道，

计较不如坦诚，

强势不如和善。

读书，

泛阅不如细嚼，

广览不如专攻，

博观不如约取，

用弘不如取精。

博观可用，用以粗读；

专精可取，取则有成。

诗与书

马一浮《尔雅台答问续编》说：

诗第一要胸襟大，

第二要魄力厚，

第三要格律细，

第四要神韵高。

四者备，乃足名诗。

书第一要论道明，

第二要识见深，

第三要格局大，

第四要趣味多。

四者俱，方为名著。

“笔下不必有诗，胸中不可无诗。”

做事不必唯书，做人不可无书。

何谓之福

张潮《幽梦影》云：

有工夫读书，谓之福；

有力量济人，谓之福；

有学问著述，谓之福；

无是非到耳，谓之福；

有多闻直谅之友，谓之福。

有时间思考，谓之福；

有平台实践，谓之福；

有指点悟道，谓之福；

有务实做事，谓之福；

有敬畏静笃之心，谓之福。

论书友

陆绍珩《小窗幽记》云：

怪石为实友，名琴为和友，

好书为益友，奇画为观友，

法帖为范友，良砚为砺友，

宝镜为明友，净几为方友，

古磁为虚友，旧炉为熏友，

拂麈为静友。

经书为诤友，史书为鉴友，

子书为直友，集书为趣友，

丛书为知友，琴书为聆友，

棋书为弈友，帖书为摹友，

画书为赏友，酒书为觞友，

茶书为盏友。

经史子集友之贵，琴棋书画友之味。

人生三守

陈益祥[1]《潜颖录》云：

人能自老看少，

自死看生，

自败看成，自悴看荣，

则性定而动自正。

人能自逆看顺，自苦看乐，

自舍看得，自退看进。

则心静而慧自生。

看事通达则守戒，

看人通透则守敬，

看己通明则守静。

① 陈益祥，字履吉，明万历年间秀才，著有《采芝堂文集》。

读书之度

张恨水[1]《读书百宜录》云：

读书有时，亦须有地。

善读书者，

则觉一切声色货好之处，

无不可于书中得之也。

试作读书百宜。

读书有心，亦须有思。

会读书者，

以心读，

则觉视野的宽度、积淀的厚度、人生的广度，

均与心灵相通。

① 张恨水，原名张心远，鸳鸯蝴蝶派代表作家，著有《春明外史》《金粉世家》《啼笑因缘》。

以思读，

则觉历史的维度、胸襟的器度、识见的深度，

均与思维同构。

读书三鉴

荀悦[1]《申鉴》云：
君子有三鉴：
鉴乎前，鉴乎人，
鉴乎镜，
前惟训，人惟贤，
镜惟明。

读书有三鉴：
鉴于史，鉴于今，
鉴于心，
史为教，今为用，

① 荀悦，字仲豫，东汉史学家、思想家。汉献帝时任黄门侍郎，累迁至秘书监、侍中，著有《汉纪》《申鉴》。

心为魂。

君子之鉴，省身立德；

读书之鉴，内修外用。

心有敬畏

胡居仁《居业录》云：

学者之所患，最是惰与轻。

惰则自治废，轻则物欲恣，

只一“敬”字可以治之。

读书做事要有敬畏之心。

敬则祛惰性，

敬则治轻狂，

敬则遏嗜欲，

敬则不迷惶。

行有诚惧步子稳，

心有敬畏始定向。

读书医俗

郑瑄[①]《昨非庵日纂》云：
省费医贫，弹琴医躁，
安分医贪，量力医斗，
参禅医想，独寐医淫，
痛饮医愁，读书医俗。
此之谓国手[②]。

勤学医惰，深思医浅，
力践医浮，感悟医惑，
知情医昧，明理医昏，

① 郑瑄，字汉奉，号昨非庵居士，明崇祯进士，官至应天巡抚，著有《抚吴疏草》，已佚，又有《昨非庵日纂》。

② 指一国中某种技能最出众的人。语出唐代裴说诗《棋》：“人心无算处，国手有输时。”

守法医乱，察势医障。

学思践悟，人生之大道；

读书医俗，人生之品味。

料字诀

魏禧《日录里言》云：
料事者先料人，
若不知其人才智高下，
只在事上去料，
虽情势极确，究竟不中。
故能料愚者，不能料智；
能料智者，并不能料愚。

料事如神必基于料人。
料人必基于知人。
知人必基于知己。
己不自知，焉可知人。
只有知己，才能知彼。
《道德经》云：

“知人者智，自知者明。

胜人者有力，自胜者强。”

料事者大视野，

料人者大格局，

料己者大智慧。

人生诀要

林逋《省心录》云：
以人为宅，以礼为门，
以义为路，居处于是，
出入于是，践履于是，
安得不谓之君子！

以静为宅，以信为门，
以诚为路，以敬为窗，
以慎为柱，以廉为墙，
立身如是，处众如是，
实践如是，
正可谓之人生诀要！

做事要义

魏禧《日录里言》云：
作大事人要三资具备：
曰识、曰才、曰力。
无识不足料变，
不力不足持久，
无才不足御棼[1]。

做事者要义有三：
曰情、曰理、曰法。
无情不能处众，
无理不能慎行，
无法不能立身。

① 御棼指治理纷乱。

做人真

司马光《资治通鉴》云：

行必核其真，

然后贵之；

言必核其真，

然后信之。

人必立其真，

然后诚之；

事必做其真，

然后实之；

书必读其真，

然后悟之；

心必秉其真，

然后明之。

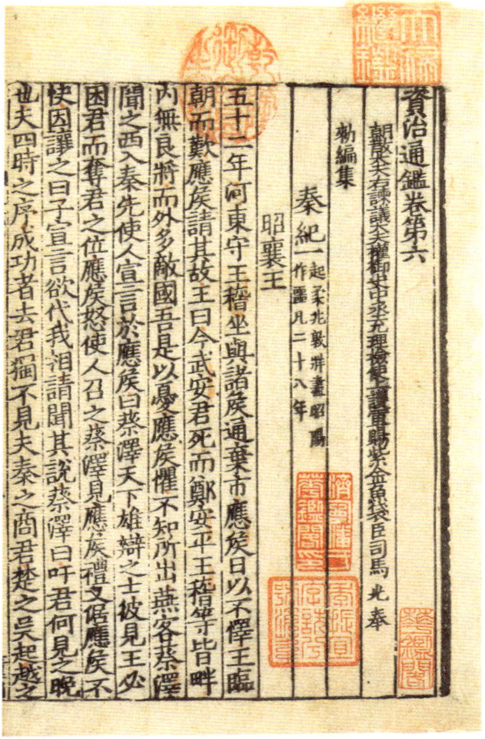

《资治通鉴》二百九十四卷，宋绍兴二年至三年（1132—1133）两浙东路茶盐司公使库刻本

《王阳明年谱》云：

“工夫只是简易真切，

愈真切，愈简易；

愈简易，愈真切。”

做人真，天下可去；

做事真，诸事可成。

人生之学

陈子昂《上军国利害事·出使》云：

欲正其末者，

必先端其本；

清其流者，

必先洁其源。

欲勤其学者，

必先笃其志；

潜其思者，

必先制其欲；

实其践者，

必先体其身；

彻其悟者，

必先省其心。

学思践悟，正本清源；

人生之学，入心必践。

人生过五关

刘昼[①]《刘子》云：

将收情欲，先敛五关。

五关者，

情欲之路，

嗜好之府也。

目爱彩色，

命曰伐性之斤；

耳乐淫声，

命曰攻心之鼓；

口贪滋味，

命曰腐肠之药；

鼻悦芳馨，

---

① 刘昼，字孔昭，北齐文人。著有《高才不遇传》《金厢譬言》《刘子新论》等。

命曰熏喉之烟；

身安舆驷，

命曰召蹶之机。

此五者，

所以养生，亦以伤生。

“禁欲于危微”，

要过五关。

五关者，

人生之路，

道德之守也。

目习经典，

可过伐性之关；

耳闻雅乐，

可过攻心之关；

口尝清淡，

可过腐肠之关；

鼻嗅民意，

可过熏喉之关；

身接地气，

可过蹶倒之关。

过五关，

可以立身，亦可为政。

顺逆之时

星云大师云：

横逆来时，要能不怨不尤；

变故来时，要能不惊不怖；

诽谤来时，要能不辩不苦；

荣宠来时，要能不骄不慢。

迷惑来时，要能不乱不躁；

纷扰来时，要能不烦不恼；

压力来时，要能不惧不退；

成功来时，要能不狂不傲。

顺境之时要心静，

逆境之时要心胜。

正人欲

司马迁《史记·三王世家》云：
爱之欲其富，
亲之欲其贵。

礼之欲其仁，义之欲其战，
廉之欲其清，耻之欲其勇，
敬之欲其德，畏之欲其净，
诚之欲其信，慎之欲其静。
礼义廉耻，国之四维；
敬畏诚慎，人之四基。

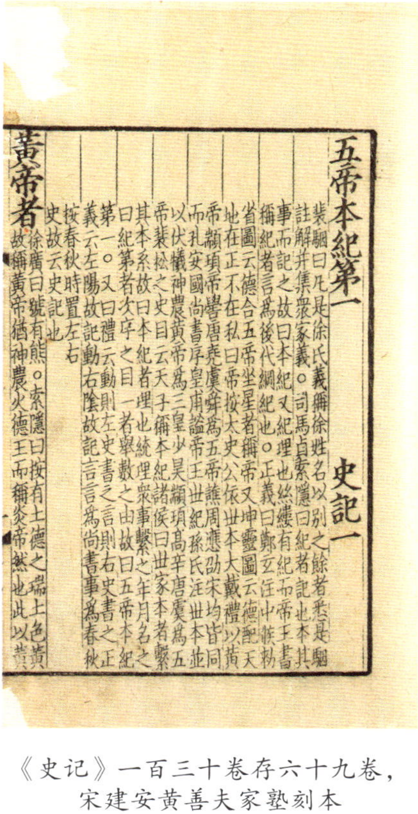
五帝本紀第一　史記一
裴駰曰凡是徐氏義稱徐姓名以別之餘者悉是駰
註解并集衆家義。司馬貞索隱曰紀者記也本其
事而記之故曰本紀又紀理也絲縷有紀而帝王書
稱紀者言爲後代綱紀也。正義曰鄭玄注中候勑
省圖云德合五帝坐星者稱帝又坤靈圖云德配天
地在正不在私曰帝按太史公依世本大戴禮以黃
帝顓頊帝嚳唐堯虞舜爲五帝譙周應劭宋均皆同
而孔安國尚書序皇甫謐帝王世紀孫氏注世本並
以伏犧神農黃帝爲三皇少昊顓頊高辛唐虞爲五
帝裴松之史目云天子稱本紀諸侯曰世家本者繫
其本系故曰本紀者理也統理衆事繫之年月名之
曰紀第者次序之目一者舉數之由故曰五帝本紀
第一。又曰禮云動則左史書之言則右史書之正
義云左陽故記動右陰故記言言爲尚書事爲春秋
按春秋時置左右
史故云史記也
黃帝者徐廣曰號有熊。索隱曰按有土德之瑞土色黃
故稱黃帝猶神農火德王而稱炎帝然也此以黃

《史记》一百三十卷存六十九卷，
宋建安黄善夫家塾刻本

正其心

班固[1]《汉书·东方朔传》云：

正其本，万事理。

正其心，万事明；

正其身，万事慎；

正其德，万事清；

正其行，万事省。

祝允明[2]《读书笔记》云：

① 班固，字孟坚，东汉史学家、学者。班固在其父班彪《史记后传》的基础上撰写《汉书》，《汉书》是继《史记》之后中国古代又一部重要史书；作为辞赋家，班固是“汉赋四大家”之一，《两都赋》开创了京都赋的范例，列入《文选》第一篇。

② 祝允明，字希哲，自号枝山，明代著名书法家，与唐寅、文徵明、徐祯卿并称“吴中四才子”。代表作有《太湖诗卷》《箜篌引》《赤壁赋》等。所书“六体书诗赋卷”“草书杜甫诗卷”“古诗十九首”“草书唐人诗卷”及“草书诗翰卷”等皆为传世墨宝。

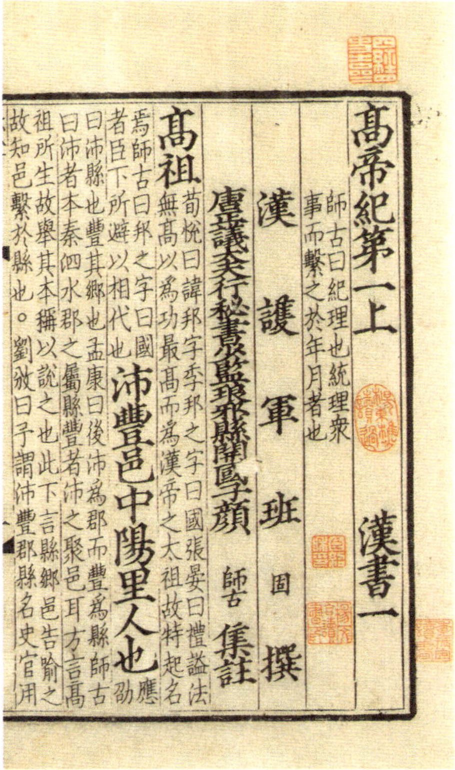

高帝紀第一上　漢書一

師古曰紀理也統理衆事而繫之於年月者也

漢　護　軍　班　固　撰

唐正議大夫行秘書少監琅邪縣開國子顔　師古　集註

高祖　荀悅曰諱邦字季邦之字曰國張晏曰禮謚法無高以爲功最高而爲漢帝之太祖故特起名焉師古曰邦之字曰國者臣下所避以相代也　沛豐邑中陽里人也　應劭曰沛縣也豐其鄉也孟康曰後沛爲郡而豐爲縣師古曰沛者本秦泗水郡之屬縣豐者沛之聚邑耳方言高祖所生故舉其本稱以說之也此下言縣鄉邑告喻之故知邑繫於縣也。劉攽曰子謂沛豐郡縣名史官用

《汉书》一百卷，宋蔡琪家塾刻本

“善观人者观己，
善观己者观心。”
观己须观心，正本须正心；
心正则本固，身正则神清。

书喻

刘向[1]《说苑》云：

书犹药也，

善读之可以医愚。

书如梅也，

潜读之可以医浮；

书如兰也，

清读之可以医浊；

书如竹也，

静读之可以医躁；

书如菊也，

① 刘向，字子政，原名更生，汉代经学家。汉成帝时任光禄大夫，改名为“向”，官至中垒校尉。所撰《别录》是我国最早的图书目录。今存《五经通义》《新序》《说苑》《列女传》《战国策》《列仙传》等书。

淡读之可以医俗。

以医喻书，

人生有悟。

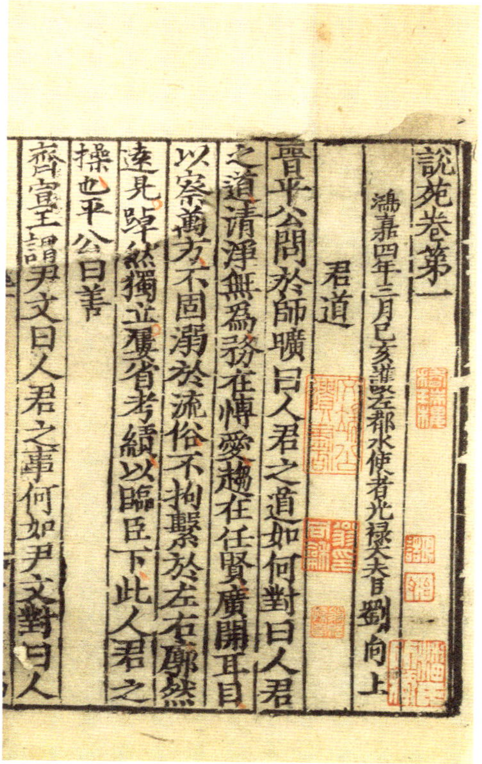

說苑卷第一

鴻嘉四年三月己亥護左都水使者光祿大夫臣劉向上

君道

晉平公問於師曠曰人君之道如何對曰人君之道清淨無為務在博愛趨在任賢廣開耳目以察萬方不固溺於流俗不拘繫於左右廓然遠見踔然獨立屢省考績以臨臣下此人君之操也平公曰善

齊宣王謂尹文曰人君之事何如尹文對曰人

《说苑》二十卷，宋咸淳元年（1265）

镇江府学刻元明递修本

四敬四慎

纪晓岚《寄内子论教子书》说“四宜”：

一戒是晚起；

二戒是懒惰；

三戒是奢华；

四戒是骄傲。

一宜勤读，二宜敬师，

三宜爱众，四宜慎食。

四敬四慎：

一敬是信仰，

二敬是初心，

三敬是天地，

四敬是学问。

一必慎独，二必慎微，

三必慎始，四必慎行。

此是为人处事之根本。

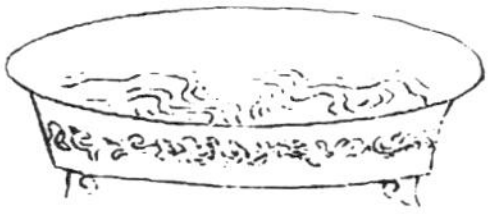

熟思缓处

《三国志·魏书·杨阜传》云：
动则三思，虑而后行，
重慎出入，以往鉴来。

静则深谋，思则持静，
行则必正，守则戒慎。
心中有数，言之有物，
手有利器，身有正气。
薛瑄《薛文清集·从政录》云：
“处事最当熟思缓处，
熟思则得其情，缓处则得其当。”
急则治标，缓则治本，
辨真伪，察是非，明利弊，分正误。

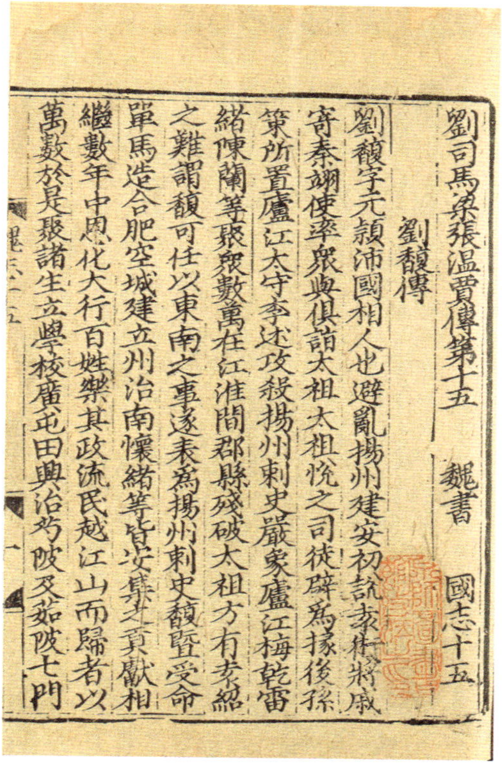
劉司馬梁張溫賈傳第十五　魏書　國志十五
劉馥傳
劉馥字元頴沛國相人也避亂揚州建安初說袁術將戚
寄秦翊使率衆與俱詣太祖太祖悅之司徒辟爲掾後孫
策所置廬江太守李述攻殺揚州刺史嚴象廬江梅乾雷
緒陳蘭等聚衆數萬在江淮閒郡縣殘破太祖方有袁紹
之難謂馥可任以東南之事遂表爲揚州刺史馥旣受命
單馬造合肥空城建立州治南懷緒等皆安集之貢獻相
繼數年中恩化大行百姓樂其政流民越江山而歸者以
萬數於是聚諸生立學校廣屯田興治芍陂及茹陂七門

《三国志》六十五卷，元大德十年（1306）
池州路儒学刻本

勤字诀

倭仁《日记》云：
“惰”字深入骨髓，
作辍因循，
如何长进，须大加淬厉一番。

“勤”字形成习惯，朝夕砥砺，
下狠功夫，必有所进步一层。
于勤勉见真功，
于患难见知己，
于名利见小人，
于平凡见英雄。

人生大病

申居郧[①]《西岩赘语》云：

好谀是人生大病。

慵懒是为道大弊，

作秀是为政大错，

浅尝是为学大疾，

浮躁是为事大害，

贪名是为人大误，

迎合是为友大患。

① 清代河北永年人，申涵光之侄孙。著有《西岩弄珠集》。

修身改过

《周易·系辞》云：

无咎者，善补过也。

《周易·益》云：

君子以见善则迁，

有过则改。

迁善如风之迅，

改过如雷之烈。

陆九渊[①]《与傅全美》云：

“闻过则喜，知过不讳，

改过不惮。”

---

① 陆九渊，字子静，南宋思想家，陆王心学代表人物。因书斋名“存”，世称存斋先生；又因讲学于象山书院，被称为“象山先生”，存有《象山先生全集》。

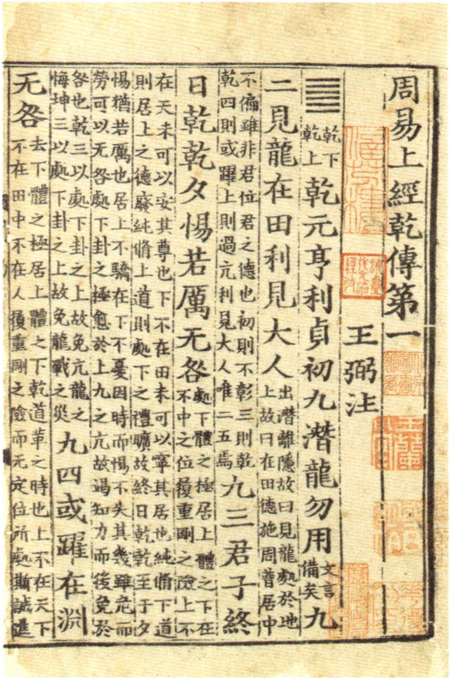
周易上經乾傳第一　王弼注
乾下乾上 乾元亨利貞初九潛龍勿用文言備矣九
二見龍在田利見大人出潛離隱故曰見龍處於地上故曰在田德施周普居中
不偏雖非君位君之德也初則不彰三則乾乾四則或躍上則過亢利見大人唯二五焉九三君子終
日乾乾夕惕若厲无咎處下體之極居上體之下在
不中之位履重剛之險上不在天下不在田未可以安其尊也下不在田未可以寧其居也純修下道
則居上之德廢純修上道則處下之禮曠故終日乾乾至于夕
惕猶若厲也居上不驕在下不憂因時而惕不失其幾雖危而
勞可以无咎處下卦之極愈於上九之亢故竭知力而後免於
咎也乾三以處下卦之上故免亢龍之災
悔坤三以處下卦之上故免龍戰之災九四或躍在淵
无咎去下體之極居上體之下乾道革之時也上不在天下
不在田中不在人履重剛之險而无定位所處斯誠進

《周易》十卷，宋淳熙（1174—1189）
抚州公使库刻递修本

闻过则喜在于谦，

知过不讳在于省，

改过不惮在于善。

颜元[1]《颜习斋先生言行录》云：

“改身之过，迁身之善，

谓之‘修身’。”

修身要修善，

修身要改过，

修身要修心，

修心要向善。

① 颜元，字浑然，号习斋，清初思想家，颜李学派创始人。反对宋明理学家“穷理居敬”“静坐冥想”的主张，著有《四存编》《习斋记余》。

君子三德

《春秋谷梁传》云：

左氏艳而富，

其失也巫。

谷梁清而婉，

其失也短。

公羊辩而裁，

其失也俗。

若能富而不巫，

清而不短，

裁而不俗，

则深于其道者也，

故君子之于春秋没身而已矣。

读《春秋谷梁》，

立君子三德：

一要做人有道，“富而不巫”。

《论语·宪问》云：

“君子道者三……

仁者不忧，

知者不惑，

勇者不惧。”

二要做事有廉，“清而不短”。

《论语·泰伯》云：

“临大节而不可夺，

君子人也。”

三要决策有断，“裁而不俗”。

《史记·春申君列传》云：

“当断不断，

反受其乱”。

深于其道，

明其“三有”，

益莫大焉！

处事之机

王廷相[①]《慎言·小宗篇》云：

事虽易，而以难处之，

未有不治之变；

患虽远，而以近处之，

未有不及之谋。

人虽疏，而以道亲之，

未有不和之理；

事虽近，而以远观之，

未有不明之察。

难易之变，

亲疏之间，

① 王廷相，字子衡，号浚川，明代思想家，“前七子”之一，著有《沟断集》《台史集》《近海集》《吴中集》《慎言》等。

远近之观，

心中明了，

方可握局中之机。

八不自

《道德经·第二十二章》云：

不自见故明，

不自是故彰，

不自伐故有功，

不自矜故长。

人不自见，

才能博采众识。

南（怀瑾）老说：

人不自是，

才能开彰大业。

人不自伐，

不表功，不作秀，

才能以潜绩为上。

人不自矜，

才能事必有成。

鉴此，

不自傲故谦，

不自得故顺，

不自满故有进，

不自卑故强。

学能胜愚

桓宽《盐铁论》云：
欲影正者端其表，
欲下廉者先之身。

欲学富者博其闻，
欲察势者广其识，
欲知己者观其心，
欲知彼者审其力，
欲友众者诚其意，
欲正己者践其行。
贾思勰《齐民要术》云：
“力能胜贫，谨能胜祸。”
学能胜愚，廉能胜贪，
诚能胜伪，信能胜疑，

敬能胜怠，慎能胜妄。

《孟子·告子》云：

“学者亦必以规矩。”

躬身入局

蔡文勤[1]《二希堂集》云：

大臣以身任事，

必有公清之操，

有恺恻之怀，

有明通之识，

有强毅之概，

有儆惧之心。

世人躬身入局，

必有察势之明，

必有通观之见，

必有奋勉之学，

① 蔡世远，字闻之，清漳浦县人。康熙四十四年（1705）举人。乾隆时追赠礼部尚书，谥文勤。世居漳浦梁山，学者称之为“梁山先生”。

必有砥砺之行，

必有渐进之悟，

必有刚断之策。

沉字诀

星云大师说：

鲸豚沉潜于大海，幽兰沉藏于山谷，

从容沉静于纷扰，清明沉积于心灵。

人生沉思于慎独，

生命沉淀于阅历，

处世沉着于烦嚣，

做事沉勇于锐气。

沉毅之旨，事不避难；

沉雄之法，肝胆益真；

沉稳之心，世事洞明；

沉寂之性，志隐味深。

以名为戒

林逋《省心录》云：
好名而立异，立异则身危，
故圣人以名为戒。

好利而心贪，心贪则迷误，
故智者以利为惧。
好权而机谋，机谋则沦败，
故智者以权为警。
以名为戒则平心，
以利为惧则平淡，
以权为警则平凡。
平凡平淡平常心，
知人知世知古今。

津　筏

风骨之力

刘勰《文心雕龙·神思》云：
积学以储宝，酌理以富才，
研阅以穷照，驯致以怿辞。

读书以博闻，思考以深致，
实践以广识，明悟以闻道。
《文心雕龙·风骨》云：
“捶字坚而难移，
结响凝而不滞，
此乃风骨之力也。”
读书“深其风”，思考强其骨，
实践尽其力，感悟明其心。

读书治庸

《二程遗书》卷一云：

治怒为难，治惧亦难；

克己可以治怒，明理可以治惧。

治庸为难，治懒亦难；

读书可以治庸，奋勉可以治懒。

治散为难，治奢亦难；

慎独可以治散，恪俭可以治奢。

治庸、治懒、治散、治奢，

要在践行，本在治欲。

读书博观

陆绍珩《醉古堂剑扫》云：
坦易其心胸，
真率其笑语，
疏野其礼数，
简少其交游。

博观其读书，
坦荡其交友，
真诚其做人，
慎重其处事。
读书博观取其精，
交友坦荡取其信，
做人真诚取其实，
处事慎重取其规。

读书渐进

《郭嵩焘[1]日记》云：
学问须严密，
体会愈细密，
愈广大，愈精确，
愈高明。

读书须渐进，
理解愈深入，
愈释疑，愈具体，
愈新鲜。
做事须务实，
运作愈合情，
愈明理，愈循法，
愈精深。

① 郭嵩焘，字筠仙，号云仙，晚清外交家，中国首位驻外使节。

读书八不

《元史·刘敏中传》云：
足于学而不求知，
丰于功而不自炫。

读其书而不尝浅，
广其识而不自傲。
攻其书而不畏难，
究其理而不自矜。
精其书而不浮躁，
明其道而不自是。
敬其书而不轻慢，
修其德而不自满。

读文之法

小泉八云[①]《论读书》云：

大文章要速读，

得其气势；

小文章要细读，

得其滋味。

好文章要心读，

得其精髓；

名文章要悟读，

得其要义；

古文章要精读，

① 小泉八云，爱尔兰裔日本作家。1890 年先后在东京帝国大学和早稻田大学开讲英国文学讲座，并创作了一系列向西方介绍日本的书，有《怪谈》《来自东方》《心》《灵的日本》《中国灵怪故事》等。

得其宏旨；

今文章要略读，

得其意趣。

学贵知疑

陈献章[①]《与张廷实主事》云：
前辈谓：学贵知疑。
小疑则小进，大疑则大进。
疑者觉悟之机也，
一番觉悟，一番长进。

学贵解惑。
知疑而悟，悟而解惑。
陆九渊《陆九渊集·语录》云：
“人之知识，若登梯然，
进一级，则所见愈广。”

① 陈献章，字公甫，号石斋，明代思想家，提倡较为自由开放的学风，逐渐形成一个有自己特点的学派，史称江门学派。著作后被汇编为《白沙子全集》。

知一疑处，一番觉悟；

疑入悟出，一番进步；

上一台阶，一番造化。

苏东坡《过永乐文长老已卒》诗云：

“一弹指顷去来今。”

今人谓：

一言解惑在于悟。

读书四读

吕坤《呻吟语》云：

学问大要，

须把天道、人情、物理、世故识得透彻，

却以胸中独得中正的道理消息之。

读书之要，

须把背景、作者、人物、文眼看得通透，

并以心中自悟深思的味道践行之。

读背景，明其大势尘嚣；

读作者，知其动静殊操；

读人物，思其心地机趣；

读文眼，学其钩玄提要。

读书四文

《群书治要·淮南子治要》云：

事有可行而不可言者，

有可言而不可行者；

或易为而难成者，

或难成而易败者。

所谓可行而不可言者，趣舍也；

可言而不可行者，伪诈也；

易为而难成者，事也；

难成而易败者，名也。

此四策者，圣人之所独视而留志者也。

书有可读而不可言传者，有可言传而不可读者；

或易读而难懂者，或难懂而易传者。

所谓可读而不可言传者，意会也；

可言传而不可读者，晦涩也；

易读而难懂者，经典也；

难懂而易传者，时文也。

此四文者，

读者之所学思而留心者也。

读书四字

《曾国藩家书》云：

读书之法，看、读、写、作四字，

每日不可缺一。

读书四字——

一为看：

要看作者分量、思想含量、正向能量。

二为读：

要读个中滋味、行间文眼、文内情趣。

三为写：

要写学中深意、践中感悟、心中省察。

四为作：

要作人以诚、作文以真、作事以信。

学问之道

魏禧《日录里言》云：

造识之道有三——

曰见闻、曰揣摩、曰阅历。

见闻者，读古人书，

听老成人语及博闻四方之故也。

揣摩者，无是事，

不妨作未然之想；

事已往，

不妨作更端之虑。

阅历者，

所谓局外之人，

不知局内之事；

局内之人，

不知局中之情是也。

天下事变，
不持无常法可守，
并有非常理可推，
故见闻揣摩之功五，
阅历之功十。

学问之道有三：
曰阅史、曰阅世、曰阅心。
阅史者，
明正史、编年史、类史、
别史、政书、杂史等；
阅世者，
书山有路勤为径，
世间正路高人指；
阅心者，
读作者之心，
明局中之事；
知阅者之心，
明心中之悟。

天下之书，
知其源流，
则有好书可读；
知其味道，
则有妙书可赏。
阅史者，
以明是非得失；
阅世者，
以明人情世故；
阅心者，
以明精神境界。

读书读心

张潮《幽梦影》云：
先读经，后读史，
则论事不谬于圣贤；
既读史，复读经，
则观书不徒为章句[1]。

先读书，再读心，
则论人皆源于知己；
既读心，又读书，
则论事皆终为大观。
读经读史，论事之基；
读书读心，论人之钥。

① 章句最初指分段落、加句读，后指对经书文辞旨义的阐释。章句之学因其不重义理，拘泥于具体文辞而受到批评。

六学

申涵光《荆园小语》云：
勘一利字不破，更讲甚理学。

修一仁字不通，更何谈儒学。
参一空字不透，更何谈佛学。
悟一道字不明，更何谈玄学。
究一性字不破，更何谈心学。
训一诂[1]字不解，更何谈朴学。
先秦子学、两汉经学、魏晋玄学、
隋唐佛学、宋明理学、清代朴学，
学此“六学”，中华文脉可继。

---

① 训诂，解释字词的意思。

读者须知

彭孙遹[1]《金粟词话》云：

作词必先选料，

大约用古人之事，

则取其新颖，而去其陈因。

用古人之语，

则取其清隽，而去其平实。

用古人之字，

则取其鲜丽，而去其浅俗。

不可不知也。

读书必重选本。

读古人之书，

① 彭孙遹，字骏孙，号羡门，顺治进士，为《明史》总裁。与王士祯合称“彭王”。

则取其精义，而去其窠臼。

读古人之诗，

则取其清空，而去其涩滞。

读古人之画，

则取其神韵，而去其呆板。

读者须知也。

读书之功

胡居仁《居业录》云：

观书须有感发奋勇之意，方有进；

观书有悦怿之意，所入必深。

读书须有钩玄冥思之功，则有心；

须有详审反躬之力，则有益；

须有砥砺精进之行，则有果。

观书之意在于进，

读书之功在于心。

读书在心

朱和羹[1]《临池新解》云：

作书贵一气贯注。

凡作一字，

上下有承接，

左右有呼应，

打叠一片，

方为尽善尽美。

读书贵心有所寄。

凡读一书，

古今有体察，人物有洞见，

学有所为，方为读通文眼。

---

① 朱和羹，字指山，清代书法家，好收藏，学问终老，著有《临池心解》。

读书在心：

静心则清，躁心则浊；

潜心则明，浮心则惑。

读书理路

陆绍珩《小窗幽记》云：

看书只要理路通透，

不可拘泥旧说，

更不可附会新说。

理路通透，

读书要与作者之心通，

与书中之理透。

要破除迷信，

不可盲信；

要飞扬灵性，

不可媚俗。

胡居仁《居业录》云：

“学者先当理会身心，

此是万事之根本。”

认识心灵，才能归真；

升华心灵，才能纯粹。

读书始终

《曾文正公嘉言钞》云：
学贵初有坚定不移之志，
中有勇猛精进之心，
末有坚贞永固之力。

读书贵在：
始读有镜鉴明察之心，
中读有钩玄提要之思，
终读有砥砺力践之履。
读之心在学，
读之思在悟，
读之履在行。

读书体验

胡居仁《居业录》云：

“体验”二字，学者最亲切。

读书皆须体验，

放自己身上来。

不然，则书自书，我自我矣，济甚事。

读书贵体验。

读书是读心，

己心与作者之心交流。

书中有思、心中有悟、身上有行。

体验自心，心中甘苦自身知。

体验作者，千辛万苦出真知。

如此，则我知书，书知我矣，终闻道。

读书之心

朱熹《行宫便殿奏札》云：

力学之道，

莫先于穷理；

穷理之要，

必先于读书。

读书之道，莫先于读心；

读心之要，必先于读己。

读书穷理，先穷心之理；

读书读心，必明己之心。

王阳明《传习录》云：

“身之主宰便是心，

心之所发便是意，

意之本体便是知，

意之所在便是物。”
读书之心，认知一体，
知行合一，方为大道。

读书之法

星云大师说：

求学读书要：

读做一个人，

读明一点理，

读悟一点缘，

读懂一颗心。

略读以览要义，

精读以掘真义。

细读以释疑义，

深读以解歧义。

常读以习理义，

多读以明正义。

苦读以参大义，

心读以悟禅义。

读书之贵

金缨辑录《格言联璧·学问类》云：

读书贵能疑，

疑乃可以启信。

读书在有渐，

渐乃克底有成。

读书贵能悟，

悟则可以明道。

读书在有恒，

恒则始得妙趣。

读书贵能传，

传则可以益友。

读书在有心，

心则终入佳境。

读书三要

《曾国藩家书》云：

盖士人读书，

第一要有志，

第二要有识，

第三要有恒。

盖今人读书，

第一要有心，

第二要有方，

第三要有悟。

学问之法

王充《论衡·问孔》云：
学问之法，
不畏无才，难于距师；
核道实义，
证定是非也。

读书之法，
不惧无暇，难在名师；
片言居要，
释疑解惑也。
读书在心，心学为正；
诚意正心，扶正祛邪。

扬雄[1]《法言》云：

“学则正，否则邪。”

读则进，否则退；

读则明，否则晦；

读则真，否则伪；

读则清，否则浊。

张居正《赠毕石庵先生宰朝邑叙》云：

“学非言之难，

用之为难。”

读非知之难，

行之为难。

① 扬雄，字子云，西汉经学家，汉赋“四大家”之一，著有《太玄》《法言》等。

一字之效

陆绍珩曾言：

沾泥带水之累，病根在一恋字；

随方逐圆之妙，便宜在一耐字。

审时度势之要，关键在一心字；

通情达理之行，卓识在一透字；

待人接物之道，本源在一容字；

进德修业之路，持久在一韧字；

寡欲息争之为，蹊径在一淡字；

攻坚克难之举，担当在一责字；

立身守慎之功，首要在一廉字。

诗书之心

袁枚[①]《随园诗话》云：

诗虽奇伟，

而不能揉磨入细，

未免粗才。

诗虽幽俊，

而不能展拓开张，

终窘边幅。

书虽洒脱，

而不能鞭辟入里，

未免浅薄。

① 袁枚，字子才，自号随园主人，乾隆四年进士。与赵翼、蒋士铨合称为“乾嘉三大家”。主要著作有《小仓山房文集》《随园诗话》《随园食单》《子不语》等。

书虽飘逸，

而不能抱朴守静，

终归浮躁。

诗能展拓，以扩身心，

书能抱朴，以远喧嚣。

以心读书

《朱子语类》云：

以我观书，则处处得益；

以书博我，则释卷而茫然。

读书以我为主，则精义入心；

读书博观约取，则钩玄解惑；

读书内修外用，则励行进德。

以心读书，其妙自在：

有了全新视野，

才有全新景色。

读书出入法

陈善[1]《扪虱新语》云：

读书须知出入法，

始当求所以入，

终当求所以出。

见得亲切，

此是入书法；

用得透脱，

此是出书法。

读书须知粗精法，

略则所以粗，

要则所以精。

大意了然，此是粗读法；

钩玄提要，此是精读法。

① 陈善，字子兼，号秋塘，宋代学者，著有《扪虱新语》。

择书之法

魏禧《日录里言》云：
交友者识人不可不真，
疑心不可不去，
小嫌不可不略。

读书者择书不可不慎，
浮躁不可不去，
肤浅不可不改，
自满不可不弃，
狭隘不可不戒，
拘囿不可不破。
读书之法，
首贵择书。

发愤读书

《曾国藩家书》云：
得不足喜，失不足忧，
总以发愤读书为主。
史宜日日看，不可间断。

浮有所失，沉有所得，
总以潜心问道为上。
动有所急，静有所缓，
总以顺理而谋为先。
机有所巧，诚有所拙，
总以求真务实为要。
书宜天天读，不可懈怠；
事宜时时做，不可轻慢。

读书三知

周煇《清波杂志·卷十·为文三易》云：
沈隐侯曰："古儒士为文，当从三易：
易见事，一也；易识事，二也；
易读诵，三也。"

今人为文，当从三明：
明真伪，一也；明是非，二也；
明利弊，三也。
今人读书，当从三知：
知背景，一也；知作者，二也；
知己心，三也。
知背景以明形格势禁，
知作者以明人生境遇，
知己心以明真情实感。

读书精义

盛如梓《恕斋丛谈》载柳开论文曰：

古文非在词涩言苦，令人难读，

在于古其理，高其意。

读书误在浅尝辄止，不能深读，

其要在于究其理，明其意。

读书旨在博观约取，更在心读，

其得在于广其识，精其义。

独一字

王永彬《围炉夜话》云：

人犯一苟字，便不能振；

人犯一俗字，便不可医。

人犯一庸字，便不能辨；

人犯一懒字，便不能奋；

人犯一散字，便不能立；

人犯一奢字，便不能匡；

读犯一愚字，便不能明；

思犯一浮字，便不能深；

行犯一躁字，便不能稳；

悟犯一浅字，便不能真。

犯一字，非小事；

明一字，成大事。

文简有法

王士祯《池北偶谈·谈艺七·左传檀弓叙事》云：
刘知几云："叙事之工，以简为主。"
语益简，味愈长，可为文章之法。
……文简而有法。

读书之法，化繁为简。
"厚书读薄"即为此意。
书为天下贵，简为文章法。
词简则金句纷披，
语简则叙事有法，
文简则余味无穷。
简单来自复杂，
愈凝炼、愈通透、愈微妙、愈贴切，
愈直指人心、愈有余韵，
可称"文简而有法"。

读书为贵

韩愈《谢自然诗》云：
人生处万类，
知识最为贤。

人生做万事，读书最为贵。
知识为贤，贤者知道、知足、知止、知心；
读书为贵，贵者贵道、贵德、贵敬、贵慎。
胡宏《知言·纷华》云：
“学贵大成，不贵小用，
大成者参于天地，
小用者谋利计功。”
读书为贵，贵在闻道。
大道者大道至简，
小道者怡情悦性。

改过之法

《了凡四训·改过之法》云：

今欲获福而远祸，未论行善，先须改过。

但改过者，第一，要发耻心。

第二，要发畏心。

第三，须发勇心。

具是三心，则有过斯改……

然人之过，有从事上改者，

有从理上改者，有从心上改者；

工夫不同，效验亦异。

知耻心、敬畏心、勇猛心，

是了凡先生提出的改过三步骤。

“耻畏勇”三心为改过之因，

“事理心”三路为改过之法。

知耻则近乎勇，改过之要机。

敬畏则始于诚，“须臾不离道”。

勇猛则不畏难，风雷之迅行。

从事相上改，就事论事；

从情理上改，明其本源；

从心路上改，修身之本。

弘一法师《余之改过之法》认为：

改过次第为：

一学、二省、三改。

读书极处

石韫玉[①]所撰对联云：

精神到处文章老，

学问深时意气平。

读书极处思虑透，

践履难时悟道明。

精神振奋，文章自有佳处；

学问厚积，意气自有来处；

读书入心，思虑自有深处；

践履破难，悟道自有妙处。

---

① 石韫玉，字执玉，号琢堂，清代藏书家，乾隆进士。曾编撰《凌波阁藏书目录》《独学楼题跋》等。

人心学问

《曾国藩语录》云：

易摇而难定，易昏而难明者，

人心也，惟主敬则定而明。

易入而难出，易迷而难悟者，

学问也，惟恪勤则出而悟。

人心者，红尘之人心，欲染之人心。

吴从先[①]《小窗自纪》云：

“风波千古未平，不知心险更恶。

盖风色可冲而避，非若人情之多伏多藏。”

学问者，人生之学问，人心之学问。

人生之欲，无非为名、利二字所累。

不如“一笑风前，不管水流花谢”。

① 吴从先，字宁野，号小窗，明代学者，常与陈继儒等交游。

读书山水

陆绍珩《小窗幽记》云：
山以虚而受，水以实而流，
读书当做如是观。

读书如此，
虚心而接受，充实而畅流。
读书如山，
胸中丘壑，笔底江山。
入山则意近丘壑，
登山则情溢山河。
读书如水，
逝水年华，水流花开。
临水则清心寡欲，
踏水则神骨俱澈。

胆与识

陈确[1]《瞽言·近言集》云：

知过之谓智，

改过之谓勇。

察势之谓识，

乘势之谓胆。

《后汉书·陈忠传》云：

“明者慎微，

智者识几。”

有识无胆则愚，

有胆无识则误，

有胆有识则成。

① 陈确，字乾初，明末清初思想家，著有《大学辨》《瞽言》《葬书》等。

胆识者，

创业之基，

成事之本，

做人之道。

“胆与识”再议

方东树[1]《昭昧詹言》云：
“取境古，用笔锐，造语朴，
使字奇，选字坚，
神兀骨重，思沉意厚，
此亦诗家极至之诣也。”
“诗以豪宕奇恣为贵”。

胆魄大，识见深。
胆为识之足，
识为胆之脑。
无识不能用胆，
无胆不能广识。

① 方东树，字植之，别号副墨子，清代思想家，著有《仪卫轩文集》《昭昧詹言》等。

王阳明《传习录》云：

“知者行之识，

行者知之成。”

识者胆之始，

胆者识之成。

胆识兼备，

知行合一。

胆以挺膺负责为贵，

识以大观通透为贵。

读书岁月

《夏峰[1]先生集·语录》云：

过去已成逝水，

勿庸系也；

未来茫如捕风，

无可冀也；

独此现在之境，

或穷或通、

时行时止，

自有当然之道，

应尽之心；

乃悠悠忽忽，

姑俟异日，诿责他人，

① 孙夏峰，字启泰，号钟元，明末清初思想家。

岁月虚掷，良可浩叹！

读书难忘岁月，
心所系也；
践履脚踏实地，
实可期也；
牢牢把握当下，
或明或晦，
知行知止，
自有必行之道，
应明之心；
乃悠然开襟，
淡泊情怀，沧桑境界，
时不我待，世路淘沙！

趣　　味

静为躁君

《道德经》第二十六章云：
静为躁君。

静可镇浮，静可祛躁，
静可制欲，静可修心。
老子云："守静笃。"
守静笃则学入古今，
守静笃则思入风云，
守静笃则践入天下，
守静笃则悟入大道。
动亦定，静亦定，
守静则定心，
持静则笃行，
方可谓以静为君。

读书较量

梅尧臣[1]《宛陵集十二·郡阁阅书投壶和呈相国晏公》诗云：

较量人世无穷乐，

罗列平生未见书。

人生较量在读书。

读未见书如遇新知，一见如故；

读已见书如逢旧雨，再涤尘虑；

读经典书如聆古训，醍醐灌顶；

读历史书如览长卷，思接千载；

读无字书如历重山，柳暗花明。

---

① 梅尧臣，字圣俞，世称宛陵先生。北宋皇祐三年赐同进士出身，累迁尚书都官员外郎，世称“梅都官”。反对西昆体，作诗力求平淡，被誉为宋诗的“开山祖师”。曾参与编撰《新唐书》，并为《孙子兵法》作注。著有《宛陵先生集》及《毛诗小传》等。

陈寿《三国志·魏志·王肃传》云：
“读书百卷，其义自见。”
读书较量在于心。

书味厚重

祝世禄[①]《祝子小言》云：

世味酴醾，至味无味。

味无味者，能淡一切味。

淡足养德，淡足养身，

淡足养交，淡足养民。

书味厚重，味道在心。

心中滋味，厚过一切味。

厚可明史，厚可察今，

厚可广识，厚可积淀。

谢肇淛[②]《五杂俎》云：

---

① 祝世禄，字延之，号无功，明代学者，万历进士。善草书，尺牍开公安三袁一派先河。著有《环碧斋集》《祝子小言》。

② 谢肇淛，字在杭，号武林，明代学者，万历进士。所著《五杂俎》是一部很有影响的博物学著作。

“读未曾见之书，历未曾到之山水，
如获至宝、尝异味，
一段奇快，难以语人也。”
世味淡者以养身，
书味厚者以养心。

书之味道

《曾国藩家训》云：

能甘淡泊，

便有几分真学问。

能愿读书，

便有几分真品味。

能精读书，

便有几分真趣味。

能思读书，

便有几分真意味。

能常读书，

便有几分真滋味。

书之味道，酸甜苦辣读中尝。

个中滋味，是非荣辱心中品。

文有四力

《曾国藩家书·谕纪泽》云：
凡文有气则有势，有识则有度，
有情则有韵，有趣则有味。

一以贯之谓之气，高屋建瓴谓之势；
鞭辟入里谓之识，允执厥中谓之度。
文有气势则有冲击力，
文有识见则有思想力。
恽寿平《瓯香馆集》云：
“潇洒风流谓之韵，尽变奇穷谓之趣。”
“韵乃自书卷中得来，趣必从个性中表现。”
文有韵味则有智慧力，
文有趣味则有影响力。

读书之趣

张怀瓘[1]《文字论》云：

探文墨之妙有，

索万物之元精。

以筋骨立形，

以神情润色，

虽迹在尘壤，

而志出云霄。

灵变无常，务于飞动。

品读书之妙趣，悟世象之通理。

以修心立志，以修身立德，

---

① 张怀瓘，唐代书法家，官翰林供奉、右率府兵曹参军。著有《书议》《书断》《书估》《画断》《六体书论》《论用笔十法》《玉堂禁经》《文字论》等，为书学理论重要著作。

虽常处烦嚣，而思接千载。

云飞风起，涉笔成趣。

开卷方可有识，读书悟处即道。

读书养气

松年[1]《颐园论画》云：

再观古今画家，

骨格气势，理路精神，

皆在笔端而出。

惟静穆、丰韵、润泽、名贵为难。

若使四善兼备，似非读书养气不可。

今观古今之书，

神思气骨，情缘韵致，妙自心灵而出。

惟神、气、情、韵为贵。

如使四者兼备，

实为天下第一奇书。

---

① 松年，姓鄂觉特氏，字小梦，号颐园，晚清书画家。著有《颐园论画》《清画家诗史》《八旗画录》《榆园画志》。

读书宜人

朱锡绶[1]《幽梦续影》云：

读古碑宜迟，迟则古藻徐呈；

读古画宜速，速则古香顿溢；

读古诗以掜而后永。

读史书宜思，思则镜鉴愈明；

读诗书宜悠，悠则古意盎然；

读经书宜行而后悟。

读史使人明智，

读诗使人风雅，

读经使人厚重。

① 朱锡绶，道光举人，曾任湖北枝江知县。著有《疏兰仙馆诗集》《幽梦续影》。

读好书籍

陆绍珩《小窗幽记》云：

世路之人，

或图功名，或治生产，尽自正经，

争奈大地间好风月、好山水、好书籍，

了不相涉，岂非枉却一生！

读好书籍，

或求知识，或品味道，尽享心灵，

恰似人世间好丹青、好新茗、好襟韵，

两相见趣，了却学思半日！

读书时光

陆绍珩《小窗幽记》云：

时光，浓淡相宜；

人心，远近相安；

流年，长短皆逝；

浮生，往来皆客。

读书，学思相长；

处众，亲疏相睦；

慎独，静噪皆心；

岁月，古今皆史。

读者审势

《后汉书·陈忠传》云：

明者慎微，

智者识几。

读者知心，

学者博观，思者审势，

践者力行，悟者闻道。

郑板桥《赠尹谋父子》诗云：

“多读古书开眼界。”

多读书，知其义，辨其要，识其机；

开眼界，明大势，明真伪，明得失。

读书以读心胜，

读者以审势明。

必读之书

唐岱《绘事发微·读书》云：

欲识天地鬼神之情状，

则《易》不可不读。

欲识山川开辟之峙流，

则《书》不可不读。

欲识鸟兽草木之名象，

则《诗》不可不读。

欲识进退周旋之节文，

则《礼》不可不读。

欲识列国之风土，关隘之险要，

则《春秋》不可不读。

欲识大江东去之豪放，

则苏辛不可不读。

欲识妙绝今古之神韵，

则李杜不可不读。

欲识繁华落尽之返璞，

则《红楼》不可不读。

欲识瑰奇变幻之万化，

则《西游》不可不读。

欲识沧海之横流，人生之须臾，

则《三国》不可不读。

读书之路

郑耕老《劝学》云：

立身以力学为先，

力学以读书为本。

苦学之路，

读励志之书，其心定也。

从政之路，

读先贤之书，其心平也。

做人之路，

读求道之书，其心诚也。

经营之路，

读谋略之书，其心悟也。

成功之路，

读怡情之书，其心了也。

书之乐

白居易《冷泉亭记》云：

春之日，

吾爱其草薰薰，木欣欣，

可以导和纳粹，畅人血气。

夏之夜，

吾爱其泉渟渟，风泠泠，

可以蠲烦析酲，起人心情。

书之乐，

吾爱其思悠悠，静悄悄，

可以残夜孤灯，

惊人之妙。

画之美，

吾爱其江浩浩，路迢迢，

可以山巅水涯，

令人情豪。

棋之巧，

吾爱其车辚辚，马萧萧，

可以纵览云飞，

使人明了。

阅读人生

传阮元云：

立志宜思真品格，

读书须尽苦功夫。

人生厚重，

读出甘苦况味；

修身任重，

读出明晦真味；

处世慎重，

读出顺逆意味；

友情尊重，

读出浓淡回味；

为政持重，

读出沉浮滋味；

笃学荷重，

读出雅俗韵味；

求道自重，

读出清浊品味；

羁旅珍重，

读出天地风味；

阅书推重，

读出兴废深味。

古之士者

金缨辑录《格言联璧》云：

君子胸中所常体，

不是人情是天理；

君子口中所常道，

不是人伦是世教；

君子身中所常行，

不是规矩是准绳。

是非场中出入逍遥为达士，

顺逆境中纵横自在为哲士，

豁然自悟浑然两忘为禅士，

出没烟云苍峭结庐为隐士，

对酒醉歌书剑潇洒为侠士，

气象高旷精勤自奋为志士，

明月素琴一趣自得为雅士，

治学求理涵养冲虚为学士。

多情好饮喜读书，

古来名士自风流。

苦乐之境

洪应明《菜根谭》云：
居逆境中，周身皆针砭药石，
砥节砺行而不觉；
处顺境中，眼前尽兵刃戈矛，
销膏靡骨而不知。

居苦境中，面前俱坎坷困顿，
奋志畅怀方可破；
处乐境中，触目皆庸懒散奢，
澄浊息躁方可行。
居逆处顺，逆顺等观；
居苦处乐，苦乐达观。

边走边读

石涛[1]题跋云：

不读万卷书，如何作画？

不行万里路，又何以言诗？

为践行而读谓之真读，

不践行而读谓之闲读。

真读为一生之志，

深思敏行；

闲读为一己之事，

聊以自娱。

无事闲读，平日之乐；

边走边读，人生感遇。

---

① 石涛，原姓朱，名若极，明靖江王、南明元宗皇帝朱亨嘉之子，清初画家，与弘仁、髡残、朱耷合称“清初四僧”。存世画作有《石涛罗汉百开册页》《搜尽奇峰打草稿图》《山水清音图》《竹石图》等，著有《苦瓜和尚画语录》。

静中之乐

曾国藩《求阙斋日记》云：
近来每苦心绪郁闷，
毫无生机，
因思寻乐约有三端：
勤劳而后憩息，一乐也；
至淡以消忮心，二乐也；
读书声出金石，三乐也。

尘嚣最易心绪浮躁，
难以闻道，
故省守静必有三者：
忙闲之时静读，一静也；
取舍之中静思，二静也；
成败之后静心，三静也。

读书妙处

王昱[1]《东庄论画》云：

画之妙处，

不在华滋而在雅健，

不在精细而在清逸。

盖华滋、精细可以力为，

雅健、清逸则关乎神韵骨格，

不可强也。

读书之妙处，

不在轻巧而在厚重，

不在博洽而在纵深。

因轻巧、博洽可以勉为，

① 王昱，字日初，号东庄老人，清代画家，与王玖、王宸、王愫合称“小四王”。著有《东庄论画》。

厚重、纵深则在于眼光底蕴，

须积淀也。

画之妙，

打开心灵；

书之妙，

沉淀心灵。

读书三妙

盛大士[1]《溪山卧游录》云：

画有三到：

理也，气也，趣也。

非是三者，

不能入精妙神逸之品。

故必于平中求奇，

纯绵裹铁，

虚实相生。

读书三妙：

味也，行也，悟也。

非三者不能得洒脱豁然之妙。

① 盛大士，字子履，清代画家，嘉庆举人。著有《蕴素阁集》《溪山卧游录》等。

故必于苦中求乐，
古今相证，
知行相成。
理自书卷中得来，
趣从个性中展现，
味自苦读中咀嚼，
悟从知行中相参。

与书结缘

韩愈《劝学诗》云：
读书患不多，
思义患不明。

与书结人缘，
鉴古知今，其心达也；
与书结天缘，
月朗云飞，其心清也；
与书结尘缘，
山高水远，其心平也；
与书结善缘，
视人如己，其心和也；
与书结情缘，
漏夜残灯，其心静也；

与书结机缘，

物我两忘，其心旷也。

与人结缘，人生有味；

与书结缘，人生无限。

读史之心

刘知几《史通》云：

盖君子以博闻多识为工，

良史以实录直书为贵。

读史知兴亡，

学史明因果。

读书以明道入心为贵，

读史以明鉴存真为贵。

读史之心，通识求真。

读书

张英《聪训斋语》云：

故读书可增长道心，

为颐养第一事也。

读书大益，

自有心灵之美。

读书大雅，

自有气质之韵。

读书大趣，

自有神来之笔。

读书大乐，

自有自在之境。

曾国藩《家书》说：

唯读书，则可变化气质。

陶写性情，则一生受用不尽。

“读书”再议

张潮《幽梦影》云：

藏书不难，能看为难。

看书不难，能读为难。

读书不难，能用为难。

能用不难，能记为难。

读书最乐，

万事皆易满足，

读书最难满足。

读书是福，

唯静坐是小自在，

唯读书是大自在。

是故张潮又云：

少年读书，如隙中窥月。

中年读书，如庭中望月。

老年读书，如台上玩月。

皆以阅历之浅深，

为所得之浅深耳。

“读书”三议

张潮《幽梦影》云：

能读无字之书，

方可得惊人妙句；

能会难通之解，

方可参最上禅机。

宋人倪文节有云：

天下之事，

利害常相半：

有全利，

而无小害者，

惟书。

士人不当以世事分读书，

当以读书通世事。

《水浒传》是一部怒书，

《西游记》是一部悟书，

《金瓶梅》是一部哀书，

《红楼梦》是一部奇书，

《三国演义》是一部兵书。

人生初心

高忠宪《高子遗书》云：
人想到死去一物无有，
万念自然撇脱。

人想到生来本无牵挂，
思想自然通脱。
人想到古今都付笑谈，
心绪自然洒脱。
人想到名利既是缰索，
欲望自然超脱。
《韩非子·解老》云：
“缘道理以从事者，
无不能成。”
撇脱杂念，通脱苦思，

洒脱尘心，超脱嗜欲。

坚人生之初心者，

无往不利。

读书三悟

张潮《幽梦影》云：

善读书者，

无之而非书：

山水亦书也，

棋酒亦书也，

花月亦书也。

善游山水者，

无之而非山水：

书史亦山水也，

诗酒亦山水也，

花月亦山水也。

善读书者，

无事不为书：

古今亦书也，

天地亦书也，

世间亦书也。

善读书者，

无书不是书：

经史亦书也，

诗词亦书也，

乡谚亦书也。

读山水书，以悟意境；

读世间书，以悟心境；

读书中书，以悟尽境。

读古籍

陈继儒[①]《岩栖幽事》云：

裒访古帖，置之几上，其益有五：

消永日，汰俗情，一益也。

分别六书宗派，二益也。

多识古文奇字，三益也。

先贤风流韵态，如在笔端，

且可以搜其遗行逸籍，

交游宅墓，四益也。

不必钩搨，日与聚首，

如熏修法，自然得解，五益也。

---

① 陈继儒，字仲醇，号眉公，明代文人、书画家。书法师法苏轼、米芾，倡导文人画，持南北宗论，擅长墨梅、山水。有《梅花册》《云山卷》等传世，著有《陈眉公全集》《吴葛将军墓碑》《妮古录》等。

寻访古籍，游学南北，其趣有五：

古色古香，宋椠元版，一趣也。

研版别，明源流，二趣也。

分别经史子集丛书，三趣也。

敦煌遗书，佛典大藏，金石碑拓，四趣也。

“儒道墨法农名杂，阴阳纵横小说家”，

“九流十家”，广见博识，五趣也。

读古籍，稽古知今；

本初心，牢记大旨。

求知之心

《列子·仲尼》云：
人欲见其所不见，
视人所不窥；
欲得其所不得，
修人所不为。

人欲读其所未读，
观人所未历；
欲知其所未知，
识人所未明。
人之未知浩渺无垠，
人之已知沧海一粟。
以求知之心经世则事明，
以求学之心做人则友众。

春眠

刘因[1]诗云：

书外论交睡最贤。

书能避世，睡能忘世。

人皆嗜睡，梦中成仙。

双眼一合，百事俱忘。

肢体皆适，尘劳顿消。

闲中觅伴书为上，

身外无求睡最安。

浮生难得自然醒，

倦倚南窗向日眠。

---

① 刘因，字梦吉，号静修，元代理学家。

陈希夷[1]《励睡诗》云：

常人无所重，

惟睡乃为重……

欲知睡梦里，

人间第一玄。

① 陈希夷，即陈抟，字图南，号扶摇子，五代宋初道士。著有《太极图说》《指玄篇》等。

忙闲

张潮《幽梦影》云：
能闲世人之所忙者，
方能忙世人之所闲。

忙事有闲趣，
忙学有闲雅，
忙人有闲心，
忙政有闲暇。
闲时要有吃紧的心思，
忙处要有悠闲的趣味。

陈白沙有云：
朝市山林俱有事，
今人忙处古人闲。

故张潮又云：

人莫乐于闲，

非无所事事之谓也。

闲则能读书，

闲则能游名胜，

闲则能交益友，

闲则能饮酒，

闲则能著书。

天下之乐，孰大于是。

悠悠我心，闲咏以归。

多与少

陈继儒《岩栖幽事》云：
多读两句书
少说一句话。

多思三层意，少出一件错。
多行几步路，少走一道弯。
多悟千般道，少了一惑心。
多赏四君子，少啖一荤腥。
多学八方友，少去一应酬。
刘昼《刘子》云：
“智者见利而思难，
暗者见利而忘患。”
智者，多思而多益，
少说而少误。

读书佳处

洪应明《菜根谭》云：

文章作到极处，

无有他奇，只有恰好；

人品做到极处，

无有他奇，只是本然。

读书读到佳处，

没有最好，只有更好；

思考达到深处，

没有浅薄，只有积淀；

践行做到实处，

没有浮躁，只有厚重；

觉悟明在省处，

没有炫奇，只有自然。

应事之心

王士祯《池北偶谈·谈艺二》云：
作诗用事，
以不露痕迹为高。

读书做事，以平常心为佳；
奇山大水，以清静心为上；
春光秋色，以空灵心为妙；
险关难题，以精进心为优；
官场红尘，以淡泊心为好。

人生之乐

陆绍珩《小窗幽记》云：

春夜宜苦吟，宜焚香读书，宜与老僧说法，以销艳思。

夏夜宜闲谈，宜临水枯坐，宜听松声冷韵，以涤烦襟。

秋夜宜豪游，宜访快士，宜谈兵说剑，以除萧瑟。

冬夜宜茗战，宜酌酒说《三国》《水浒》《金瓶梅》诸集，宜箸竹肉，以破孤岑。

春销艳思、夏涤烦襟、秋除萧瑟、冬破孤岑。

观四时风光，不亦乐乎！

赏文房四宝，人生之乐：

湖笔宜挥洒，宜字走龙蛇，宜气象峥嵘，以阔清襟。

徽墨宜研磨，宜墨分五彩，宜旧墨如宝，以尽性情。

宣纸宜展观，宜咫尺天涯，宜烟云氤氲，以祛慵倦。

端砚宜赏玩，宜细辨石品，宜老坑蕉白，以达静心。

笔阔清襟，墨尽性情，纸祛慵倦，砚达静心。

读书味

李鼎[1]《偶谭》云：

大道玄之又玄，人世客而又客，

直至忘无可忘，乃是得无所得。

读书味中有味，处众道中有道，

直到心中无心，才是德中有德。

问道方知玄中简，

涉世才明过中客，

读书则品心中味，

处众须立道中德。

① 李鼎，明代诗人。

读书知音

李鼎《偶谭》云：
诗思在霸陵桥上微吟就，
林岫便已浩然；
野趣在镜湖曲边独往时，
山川自相映发。

读书在夜灯如豆时入静境，
沉思便已自然；
践履在烦嚣红尘时入知境，
悟道便在其中。
勤学、善思、笃行、明悟，
读书总有知音在。

风　雅

读书十美

康有为《广艺舟双楫》论
“魏碑十美”云：
一魄力雄强，
二气象浑穆，
三笔法跳跃，
四点画俊厚，
五意态奇异，
六精神飞动，
七兴趣酣足，
八骨法洞达，
九结构天成，
十血肉丰美。

读书十美：

一精妙神逸，

二气象峥嵘，

三余韵悠长，

四滋味耐嚼，

五思入风云，

六真乐攻心，

七情景交融，

八言约旨达，

九平中求奇，

十“三种境界”。

茶如人生

施肩吾[1]《句》诗云：
茶为涤烦子，
酒为忘忧君。

一盏白瓯，
斟上明前旗枪；
悠悠岁月，
烹煮生命精华。
春水煎茶，踏雪寻梅，
风前访竹，雨际护兰。
独上高楼，蓦然回首；
转身天涯，一生一会。

① 施肩吾，字希圣，号东斋，唐宪宗进士，晚年隐居修道。著有《西山集》《西山群仙会真记》《钟吕传道集》等。

风动幡动，三番山水，

万法归一，禅茶一味。

潘允哲[1]《谢人惠茶》诗云：

“泠然一啜烦襟涤。”

文天祥《咏茶》诗云：

“闲品茶经拜羽仙。”

茶如人生，

品茶如品人生。

---

① 潘允哲，明诗人。

四君子四艺

李鼎《偶谭》云：
春食苗，夏食叶，
秋食华，冬食根，
四时食其木，
南阳菊宜早种乎？
酒不御，色不迩，
财不贪，气不使，
诸尘不能染，
西方莲立时见矣。

琴品韵，棋品道，
书品味，画品意，
四艺品其本，
本固则艺精。

梅赏干，兰赏叶，
竹赏节，菊赏骨，
四君子赏其清，
清心则君子矣。

人淡如菊

胡应麟[1]《诗薮》云：

蓄神奇于温厚，

寓感怆于和平；

意愈浅愈深，

词愈近愈远。

寄绚烂于平淡，

潜生机于凋枯；

味愈浓愈淡，

道愈简愈明。

司空图[2]《诗品》

① 胡应麟，字元瑞，号少室山人，明代学者、诗人。著有《诗薮》《少室山房集》《少室山房笔丛》等。

② 司空图，字表圣，自号知非子，晚唐诗人。

艺术心灵当如：

“空潭泻春，

古镜照神”。

艺术人格当如：

“落花无言，

人淡如菊”。

作诗贵在大雅平淡，

作画贵在“萧条淡泊”，

做人贵在心素如简，

做事贵在大道至简。

“春夏秋冬”之味

林清玄《温一壶月光下酒》云：

秋日薄暮，

用菊花煮竹叶青，

人与海棠俱醉。

春日清明，

“明前刀鱼明后鲥”，

杜甫诗云“出网银刀乱”，

心滋与口味俱趣。

夏日清凉，

“天棚、鱼缸、石榴树”，

绿荫与果香俱爽。

冬日清真，

用紫铜火锅涮鲜羊肉，

高濂[1]云："茶以雪煮，味更清冽。"

食味与茶味俱佳。

① 高濂，字深甫，号瑞南道人，明代剧作家。所作传奇剧本有《玉簪记》《节孝记》等，诗文集有《雅尚斋诗草二集》《芳芷楼词》。

琴剑之书

郑燮《题兰竹石二十三册》云：
一竹一兰一石，有节有香有骨，
任他逆风严霜，自有春风消息。

一琴一剑一书，有韵有气有道，
不惧世态炎凉，自能得大自在。
琴有韵，可灵动，可出尘，可大雅；
剑有气，可制敌，可淬厉，可奋志；
书有道，可阅古，可知今，可明心。
携琴会知友，
仗剑行天下，
读书知古今。

文房四宝之笔

王羲之《笔经》云：

制笔之法，直中绳，勾中钩，方圆中规矩，

终日握而不败，故曰笔妙。

笔的别称——

《说文解字》云："楚谓之聿，吴谓之不律，燕谓之拂"，

"秦谓之笔"。

笔的代称——

寸毫、寸管、寸翰、象管。

笔的戏称——

毛锥子、中书君。

宋人林洪[1]《文房职方图赞》以文具拟人，

① 林洪，字梦屏，宋代著名词人，著有《宫词百首》。

毛笔职官名为：毛中书。

“文房四神”之笔神曰“昌化”，又曰“佩阿”。

笔按笔毫弹性分为：软毫、硬毫、兼毫。

按毛笔材料分为：羊毫、紫毫、狼毫、鼠须。

按形制和用途分为：抓笔、提笔、斗笔、大中小楷笔。

笔有四德：尖、齐、圆、健。

湖北随州擂鼓墩曾侯乙墓发现春秋毛笔，

湖南长沙左公山出土战国毛笔。

故秦将蒙恬造笔，实为改进毛笔形制。

唐秉钧[①]《文房肆考图说》云：

“汉制笔，雕以黄金，饰以和璧，

缀以隋珠，文以翡翠。

管非文犀，必以象牙，极为华丽也。”

三国魏国人韦诞既是制墨祖师，又是制笔名家，

著有《笔经》传世，其制笔法被称为“韦诞法”。

唐代出现名笔“宣笔”，白居易《紫毫笔》诗云：

“江南石上有老兔，吃竹饮泉生紫毫，

① 唐秉钧，字衡铨，清代医家。

宣城之人采为笔，千万毛中拣一毫。”

元代湖笔取代宣笔，与徽墨、宣纸、端砚齐名。

当时制笔名家冯应科所制“妙无伦”笔，

与赵孟頫的字、钱舜举的花鸟画，

并称“吴兴三绝”。

明清之际，制笔工艺已达顶峰，

名家辈出，被誉为“毛颖之技甲天下”。

宋代苏易简《文房四谱·笔谱》云：

“《礼》云：史载笔，士载言。

注云：谓各持共职，以待事了也。

笔谓出具之属。”

文房四宝之墨

《三才图会·器用》云：
后汉李尤《墨砚铭》：
“书契即造，墨砚乃陈。”
墨与砚者则是与文字同兴于黄帝之时也。
一曰田真造墨。

黄帝时田真造墨、西周宣王时邢夷造墨，
二说均不可考。
《三辅决录》载，
张芝笔、左伯纸和韦诞墨并称。
后人尊三国时魏人韦诞（字仲将）为制墨祖师，
有“仲将墨”“韦诞墨”之名。
南唐后主李煜称誉：
“李廷珪墨、澄心堂纸、龙尾歙砚，

为天下冠。”

李廷珪有“李墨”之称，成为“徽墨鼻祖”。

林洪以文具拟人，

作《文房职方图赞》，

将十八种文具列为十八学士，

墨为“燕正言”。

明代麻三衡《墨史》云：

“墨又曰：元中子。

又目名麝月香。”

文房四神“墨神”曰回氏。

陆游《剑南诗稿·掩户》诗云：

“香缕映窗凝不散，

墨丸入砚细无声。”

明代“三大墨图”为：

程君房《程氏墨苑》、方于鲁《方氏墨谱》、

方瑞生《墨海》。

人称“明季《墨苑》三巨著，世之宝也”。

清代“四大墨王”为：

曹素功、汪近圣、汪节庵、胡开文。

墨可分为松烟墨、油烟墨两大类。

明代屠隆《考槃馀事·朱万初墨》评曰：

“松烟墨深重而不姿媚，

油烟墨姿媚而不深重。”

程君房自诩“残墨百年可比黄金”。

方瑞生赞墨：

“黝如漆，轻如云，清如水，浑如岚”。

墨陈如宝。

文房四宝之纸

《说文解字》：

“纸，絮一苫也。”

《通俗文》曰：

“方絮曰纸。”

《释名》曰：

“纸，砥也。平滑如砥石也。”

纸是中国四大发明之一。

“文房四神”中纸神称“尚卿”。

《东观汉记》：黄门蔡伦造意用树皮及敝布渔网做纸。

考古发现陕西西汉灞桥纸、

陕西扶风中颜纸，甘肃居延金关纸，

均早于东汉蔡伦纸，故蔡伦应为改进造纸术。

东汉末年出现名纸“左伯纸”。

汉末赵岐《三辅决录》引用韦诞奏言称：
“夫工欲善其事，必先利其器。
用张芝笔、左伯纸及臣墨，皆古法。”
足见，当时左伯纸与张芝笔、韦诞墨齐名。
南朝梁人萧绎《咏纸》诗：
“皎白犹霜雪，方正若布棋。
宣情且记事，宁同渔网时。”
东晋末年桓玄称帝，下令称：
“古无纸，故用简，非主于敬也。
今诸用简者，皆以黄纸代之。”
从此改变了纸、简并用局面，统一用纸。
唐代女诗人薛涛制作笺纸，并染色，
称为“浣花笺”，名噪一时。
李商隐诗云：
“浣花笺纸桃花色，好好题诗咏玉钩。”
苏易简[1]《文房四谱·纸谱》称：
“今江浙间有以嫩竹为纸，如作密书，

① 苏易简，字太简，宋太宗年间进士。著有《文房四谱》《续翰林志》等。

无人敢拆发之。盖随手便裂，不复粘也。”

苏轼《东坡志林》云：

“今人以竹为纸，亦古所无有也。”

纸以用材论，先后出现麻纸、皮纸、竹纸等，

旧纸回槽造再生纸，称为“还魂纸”。

唐宋出现名纸有：

宣纸、澄心堂纸、金粟山藏经纸、谢公笺纸、

白鹿纸、玉版纸等。

元代名纸有明仁殿纸、各类笺纸、白藤纸、清江纸，

明代有宣德贡笺纸、磁青纸、连七纸、观音纸，

清代有开化榜纸、罗纹纸、梅花玉版笺纸、

五色粉蜡笺纸等。

宣纸为“纸中之王”。

至今，仍称端砚、宣纸、湖笔、徽墨为“文房四宝”。

米芾[①]《减字花木兰》词云：

“平生真赏。纸上龙蛇三五行。”

① 米芾，字元章，北宋书画家，与蔡襄、苏轼、黄庭坚合称“宋四家”。主要作品有《多景楼诗》《虹县诗》《研山铭》《拜中岳命帖》等。

文房四宝之砚

石涛《画语录》云：
墨海中立定精神，笔锋下决出生活，
尺幅上换去毛骨，混沌里放出光明。

砚台上砥砺气骨，纸背处透出格局，
书法中飞扬灵性，丹青内绘就平生。
文房四宝：笔墨纸砚。
苏易简《文房四谱》：
“四宝砚为首。”
四大名砚：端砚、歙砚、洮砚、澄泥砚。
纪晓岚留耕砚铭是：
“作砚者谁，善留余地，
忠厚之心，庆延于世。”
阮元端石砚铭是：

“知其白，守其黑。”

林洪《文房职方图赞》以砚拟人，

为砚取职官名为：石端明。

苏易简称砚为“即墨侯”，石虚中。

古语云“武人爱剑文人爱砚”。

今人谓“唯砚作铭其心必静”。

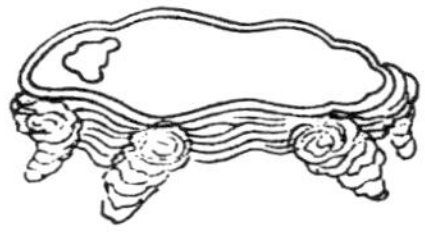

笔墨纸砚

申涵光《荆园小语》云：
书画古帖，可以寄兴，
嘉者自当宝惜；
若夫设机心，费重赀，
则不必矣。

笔墨纸砚，可以畅怀，
文人自可珍惜。
用笔如剑，可振世风，扫腐恶，聚民意；
用墨如烟，可绘风云，描众生，分五彩；
用纸如简，可素其心，行天下，贵留白；
用砚如石，可知其黑，守其坚，渡其海。
如若无机心，贵传承，则必须矣。

品茶之韵

梁章钜[①]《归田琐记·品茶》“四字评”：
香、清、甘、活。

即真香、清冽、回甘、醇和。
茶有韵味。
绿茶有其清韵，
普洱茶有其陈韵，
铁观音有其观音韵，
凤凰单枞有其枞韵，
武夷岩茶有其岩韵。
岩韵实为山之骨，喉之韵。
赵若槸《通仙井》诗云：

① 梁章钜，字闳中，号退庵，清代学者。乃楹联学开山之祖。著有《楹联丛话》《制义丛话》《浪迹丛谈》《称谓录》《归田琐记》等。

“石乳沾余润，云根石髓流。”

乾隆皇帝《冬夜煎茶》诗云：

“就中武夷品最佳，

气味清和兼骨鲠。”

茶为魂，水为灵；

茶之韵，人之心。

君子之道

周星莲《临池管见》云：
古人谓喜气画兰，怒气画竹，
各有所宜。
余谓笔墨之间，本足觇人气象，书法亦然。

今人谓清气画梅，逸气画菊，各有其趣。
吾谓君子之道，实为修心，道法自然。
梅兰竹菊为“四君子”：
清气画梅则淡泊，
喜气画兰则静雅，
怒气画竹则奋志，
逸气画菊则养心。

旺年得福

彩凤辞旧岁，金犬报福年。

《礼记·曲礼上》云：

效犬者左牵之。

孔颖达[1]疏：

通而言之，狗犬通名，

若分而言之，

则大者为犬，小者为狗。

《尔雅》曰：

狗四尺为獒。

世界上有犬种1400余种，

瑞典生物学家林奈定名为“家犬”，

常见的有78种。

① 孔颖达，字冲远，唐代学者。奉唐太宗命编纂《五经正义》，融合了南北诸多经学家的见解，是魏晋南北朝以来经学集大成的著作。

狗的传说不绝于史。

晋代有“黄耳传书”。

《汉书》有“灵犬湿草”。

《古今笔记精华》有“义犬救主”。

唐代杜甫诗云：

“天上浮云如白衣，

斯须改变如苍狗。”

后人用“白衣苍狗”

比喻世事无常。

唐代刘长卿[①]诗云：

“柴门闻犬吠，

风雪夜归人。”

此诗后成著名剧目。

宋代陆游诗云：

“犬喜人归迎野路，

鹊营巢稳占低枝。”

戌岁兆丰百事顺，

旺年得福四时祥！

① 刘长卿，字文房，唐代诗人。工于诗，长于五言，世称“五言长城”。

琴棋书画

林语堂曾言：
捧着一把茶壶，
把人生煎熬到
最本质的精髓。

听着一曲琴乐，
把知音聚焦到
最动人的心弦。
打着一盘棋谱，
把黑白逼迫到
最存亡的眼位。
看着一卷旧书，
把世态凝练到
最诛心的境地。

赏着一幅丹青，

把笔墨浸透到

最大气的格局。

七大趣

叶镄《散花庵丛语》云：

千古来有四大奇——

天地一大奇，

江山一大奇，

人物一大奇，

文章一大奇。

舍此四奇外，

更别无奇处。

千古以来有七大趣：

弹琴一大趣，

弈棋一大趣，

临书一大趣，

作画一大趣，

吟诗一大趣，

饮酒一大趣，

品茶一大趣。

琴棋书画诗酒茶，

舍此七趣则无它。

梅兰竹菊之梅

范成大[①]《梅谱·序》云：

梅，天下尤物，

无问智、贤、愚、不肖，莫敢有异议。

《梅谱·后序》又云：

梅以韵胜，以格高，

故以横斜疏瘦与老枝怪奇者为贵。

梅为四君子之首，

有花兄、花魁之誉。

二十四番花信风，

梅花居首。

《说文解字》：

① 范成大，字至能，号石湖居士，南宋文学家，与杨万里、陆游、尤袤合称南宋“中兴四大诗人”。著有《石湖集》《吴船录》《吴郡志》等。

"梅，楠也。可食。"

梅具傲骨逸韵，

以喻人品襟怀，

寄兴吟咏，最具高致。

苏东坡《再用前韵》赞梅诗云：

"玉雪为骨冰为魂。"

赏梅三诀：

枝如铁、干如钢、花如泪。

梅分三个种系：

直梅种系、杏梅种系、李梅种系。

按枝姿分为五个大类：

直枝梅类、垂枝梅类、龙游梅类、杏梅类、樱李梅类。

梅的主要品种有：

宫粉梅、朱砂梅、红梅、大红梅、照水梅、绿萼梅、金钱绿萼梅、玉蝶梅、洒金梅、珍珠梅、蜡梅、素心梅、美人梅、榆叶梅、垂枝梅、龙游梅、杏梅、樱李梅等。

范成大《梅谱》和《花镜》等史籍均记载有梅的品种。

写梅之法：

钩勒填采法、没骨法、水墨法、飞白点花法、钩勒圈花法、钩勒倒墨法、大写意法等。

画梅钩花法有：

三趯法、二笔法、

单钩法、层钩法。

画枝之要诀：

用笔粗细，

以象新旧老嫩之质；

用墨深浅，

方显远近晦明之形；

枝有高低，

可见俯仰招展之态；

势取疏密，

始得自然开合之趣。

用墨之法：

黑、白、干、湿、浓、淡，

是为六采。

用笔八法：

斡、皴、渲、刷、

捽、擢、点、画。

古人林逋有“梅妻鹤子”之称，
其《山园小梅》诗云：
“疏影横斜水清浅，
暗香浮动月黄昏。”

梅兰竹菊之兰

传孔子《猗兰操》云：
兰之猗猗，
扬扬其香。
《孔子家语·在厄》云：
芝兰生于森林，
不以无人而不芳。
孔子又言：
夫兰当为王者香。

兰之别名甚多，如：
香祖、王者之香、
天下第一香、
都梁香、水香、
草香、女兰、蕑、

大泽香、幽兰、芝兰等。

兰之品种，

有五百多属，一万余种。

主要栽培品种有：

春兰（草兰、山兰）、蕙兰（夏兰、九节兰）、

建兰（秋兰）、报岁兰（宝瑞兰、献岁兰）。

中国春兰有“四大天王”之说：

即宋梅（宋锦璇梅）、龙字（姚一色）、

集圆（老十圆）、万字。

“写兰自叶始”，

赏兰有三诀：

翻卷叶、摇摆枝、含苞花。

兰香分为：

幽香、清香、草香。

周士心[①]《四君子画论》云：

“兰以静而芳，其品幽。”

《培兰四戒》曰：

“春不出、夏不日、

① 周士心，当代书法家、书画理论家。

秋不干、冬不湿。”

王贵学《王氏兰谱》云：

“竹有节而啬花，

梅有花而啬叶，

松有叶而啬香，

惟兰独并有之。”

屈原《离骚》诗云：

“扈江离与辟芷兮，

纫秋兰以为佩。”

人闻兰香，可入幽境；

人赏兰韵，可入灵境。

梅兰竹菊之竹

《格物总论》载：

竹，中虚，白膜。

外皮青绿色，

或黄或紫，或斑驳文。

或小或大，或长或短，

种族最多。

大抵皆自根而茎，

茎皆有节。

茎间节处生枝，

枝每两之。

枝亦有节，

枝间节处生叶，

叶每三之。

赏竹有三字：

曰川、曰介、曰个。

叶常四之，

即为“介”字；

“叶每三之”，

即为“个”字。

《黄图》云：

“华林园扶老三株。”

三株扶老之杖，

此为“川”字。

戴凯之《竹谱》云：

“植类之中，有物曰竹。

不刚不柔，非草非木。”

竹为“四君子”，

又为“岁寒三友”。

董棨[1]《养素居画学钩深》云：

“作画胸有成竹，用笔自能指挥。”

① 董棨，字石农，号梅溪老农，清代书画家。

纵观全竹，明了大意；

“条畅纷敷，青翠森肃”；

尔后落笔

如风舒云卷，

作事则势如破竹。

郑板桥《题画》诗云：

“我有胸中十万竹，

一时飞作淋漓墨。”

画竹画其骨，

赏竹慕其节，

学竹践其风。

梅兰竹菊之菊

范成大《菊谱》云：

山林好事者，或以菊比君子。

又云：

神农书以菊为养生上药，能轻身延年。

菊为花之隐者，

四君子之一。

菊：古名鞠，省作匊，衍变作菊。

《埤雅》：“鞠草有花，至此穷焉；故谓之菊。”

菊之别称：

日精、节花、傅公、金蕊、周盈、

延年、更生、阴成、朱嬴、帝女花。

《本草纲目》又名：女节、女茎、金茎、

茶苦蒿、羊欢草、地薇蒿。

《周礼·月令》：

“季秋之月，鞠有黄华。”

菊具五美：

团花高悬，准天之极也；

纯黄不杂，后土色也；

早植晚登，君子德也；

冒霜吐颖，象劲直也；

流中轻体，神仙宝也。

菊之品种，

全世界已达二三万种。

古人给菊花定品看“色”“香”“态”。

今谓品菊三诀——

一品花之形色：

大如盏、小如铃、扁如盘、圆如球；

其花瓣：细如须、粗如指、长如管、

短如匙、尖如针、弯如钩。

二品茎之傲骨：

茎为菊之骨，

茎立则花立，

茎弱则花靡。

三品叶之多变：

干、湿、浓、淡、俯、仰、正、侧，

精神尽在于此。

画菊三法：

笔法、墨法、水法。

陶渊明《饮酒（其五）》诗云：

“采菊东篱下，悠然见南山。”

后人奉其为“菊仙”，菊花有“陶菊”之雅称。

渊明菊与林逋梅、屈原兰、板桥竹并称。

“菊花开时即重阳”。

菊九月始开，故九月称为菊月。

元稹《菊花》诗云：

“不是花中偏爱菊，

此花开尽更无花。”

菊有傲骨，故有“霜下杰”“傲霜枝”之称。

平生之雅

屠隆《娑罗馆清言》云：

茶熟香清，有客到门可喜；

鸟啼花落，无人亦是悠然。

书旧画新，远客来谈俱乐，

琴悠棋雅，近邻常访皆欢。

花鸟香茶，古人随遇而安；

琴棋书画，今人习之风雅。

书味永

王佐[1]《敬胜堂杂语》云：

茶味愈久而愈苦，

蔗味愈老而愈甘，

人心愈炼而愈透。

书味愈品而愈永，

琴音愈袅而愈悠，

棋道愈简而愈妙，

画意愈隐而愈幽，

诗情愈雅而愈韵，

酒令愈行而愈浓。

书味永则沁心，

人心透则明世。

---

① 王佐，明末人，生卒年不详。

书茶相伴

恽南田《南田画跋》云：

川濑氤氲之气，

林岚苍翠之色，

正须澄怀观道[①]，

静以求之。

明心沉思之书，

清心涤思之茶，

凝神细品，迥脱尘寰，书茶相伴，忧乐两忘。

书是悟境：

走出浮华，走出浅薄，走出自我，走出喧嚣。

茶是妙境：

走入岁月，走入平静，走入悠远，走入神韵。

---

① 澄怀观道，语出六朝山水画家宗炳。宗炳一生好山水、爱远游，归来将所见景物绘于壁上，卧以游之，谓澄怀观道。

快意之事

施耐庵云：

快意之事莫若友，

快友之事莫若谈。

快谈之事莫若书。

快书之事莫若趣，

快趣之事莫若棋，

快棋之事莫若闲，

快闲之事莫若诗，

快诗之事莫若游，

快游之事莫若酒，

快酒之事莫若友。

快士豪游

陆绍珩云：

春夜宜苦吟，

宜焚香读书，

宜与老僧说法，

以销艳思；

夏夜宜闲谈，

宜临水枯坐，

宜听松声冷韵，

以涤烦襟；

秋夜宜豪游，

宜访快士，

宜谈兵说剑，

以除萧瑟；

冬夜宜茗战，

宜酌酒说《三国》《水浒》《金瓶梅》诸集，
宜箸竹肉，
以破孤岑。

春雨宜郊游，
宜清雅观花，
宜与老友话往，
以忆旧怀；
夏风宜河游，
宜清姿观荷，
宜与逸友吟诗，
以洗情怀；
秋霜宜山游，
宜清凉观枫，
宜与挚友论剑，
以悠壮怀；
冬雪宜宦游，
宜清静观松，
宜与胜友雄谈，
以骋襟怀。

读书洒然

陆绍珩云：
读书如竹外溪流，
洒然而往；
咏诗如蘋末风起，
勃焉而扬。

弈棋如花间扑蝶，
悄然而至；
听琴如轩内观山，
怡然而悠；
观画如窗含松壑，
欣然而去；
啜茗如居处静参，
澄然而悟；

酌酒如江上横槊，

浩然而兴；

赏月如泉中涤心，

陶然而醉。

书道箴

许名奎[①]《劝忍百箴》云：

讷为君子，寡为吉人。

《书》有起羞之戒，

《诗》有出言之悔，

天有卷舌之星，

人有缄口之铭。

白珪之玷尚可磨，

斯言之玷不可为。

齿颊一动，千驷莫追。

噫，可与忍欤！

今拟“书道箴”云：

① 许名奎，元代学者，著有《忍经》。

书为良道，读为佳径。

师有授道之言，

士有求道之心，

事有问道之举，

人有学道之行。

闻道之念不可泯，

世道之浊方可清。

读书体道，万事无嗔。

噫，乐书道乎！

琴棋书画诗酒茶

陆绍珩《小窗幽记》有云：

好香用以熏德，

好纸用以垂世，

好笔用以生花，

好墨用以焕彩，

好茶用以涤烦，

好酒用以消忧。

好琴用以清心，

好棋用以耐心，

好书用以知心，

好画用以静心，

好诗用以慧心，

好花用以养心。

琴棋书画诗酒茶，

叫人如何不想它。

人生之境

杨廷芝[①]《二十四诗品浅解》云：

清涧之曲，境之深；

碧松之阴，境之幽。

荷樵时，行则行，境之动；

听琴时，止则止，境之静。

涤心之茶，境之清；

快意之酒，境之豪。

读书时，知则行，境之悟；

实践时，行则知，境之真。

入境，生活之趣；

化境，人生梦寻。

---

① 杨廷芝，字祖洲，清代学者。

书画琴棋

王永彬《围炉夜话》云：

无论作何等人，总不可有势利气；

无论习何等业，总不可有粗浮心。

无论读何类书，总不可有小家气；

无论观何样画，总不可有市侩气；

无论听何方琴，总不可有浅薄心；

无论弈何种棋，总不可有急躁心。

书画琴棋，人生之趣。

棋如人生

袁宗道《答友人》云：
涉世如局戏，
有出手便错者；
有半局而蹶者；
有局将终，势将赢，
而一著便错，
前功俱废者；
又有终局不错一著，
获全胜者。

人生如棋局：
有纵观大局者，
有举棋不定者，
有彼强自保者，

有势孤取和者，

有一着不慎、满盘皆输者，

有“狭路相逢勇者胜”者。

弈者，要有“江山一局棋”的气度；

智者，要有“流水不争先”的情怀。

书香品茗

袁宗道[1]《论文·下》云：

爇香者，沉则沉烟，檀则檀气，何也？

其性异也。文章亦然。

品茗者，绿茶清韵，岩茶岩韵，何也？

其味异也。读书亦然：

有一种趣书，

则别有一种味道；

有一种奇书，

则别有一番天地。

无趣则无味，

无奇则无创。

---

① 袁宗道，字伯修，号玉蟠，明代文学家。“公安派”的发起者和领袖之一，与弟袁宏道、袁中道并称“公安三袁”。

伴月读书

吴从先《赏心乐事》云：
读史宜映雪，以莹玄鉴；
读子宜伴月，以寄远神。

聚花为席，拾叶为薪，
伴月读书，啜茗涤心。
张潮云：
“月下听禅，旨趣益远；
月下说剑，肝胆益真；
月下论诗，风致益幽。”
因月思桂，流韵吐香；
因月思友，笑谈倾觞。
印朗月于澄波，
寄素心于浩茫。

读书十乐

陈直[1]《寿亲养老新书》云“生有十乐”：

读书、谈心、

静卧、晒日、

小饮、种地、

音乐、书画、

散步、活动。

今谓读书十乐：

会心、神游、

畅谈、文眼、

钩玄、提要、

疑入、悟出、

究理、闻道。

---

① 陈直，生平无考，宋神宗元丰时为泰州兴化县令，著有《养老奉亲书》，论及老人食治之方、医药之法、摄养之道。

人生七雅

曾国藩题张锡荣故居联云：

消磨岁月书千卷，

啸傲乾坤酒一樽。

剑胆古今琴几曲，眼观天下棋皆局。

李唐气象诗万首，赵宋风云画百笺。

恽南田赠王石谷对联：

“有时瀹茗思来客，

或者看花不在家。”

琴棋书画诗酒茶，古往今来论七雅。

孙髯翁的天下第一长联云：

“汉习楼船，唐标铁柱，

宋挥玉斧，元跨革囊”。

李杜诗篇，大唐气象；

苏辛佳作，有宋造极。

人生之雅，在于诗书几架，

琴音几缕，手谈几局，

山水几程。

图书在版编目（CIP）数据

三平斋读书录 / 九思著. -- 北京：北京出版社，2018.10

ISBN 978-7-200-14410-9

Ⅰ. ①三… Ⅱ. ①九… Ⅲ. ①随笔—作品集—中国—当代 Ⅳ. ① I267.1

中国版本图书馆 CIP 数据核字 (2018) 第 213721 号

策 划 人　安　东　　责任编辑　高立志　王忠波
封面题字　傅熹年　　特约编辑　陈霄元
装帧设计　白　雪　　责任印制　陈冬梅

三平斋读书录
SANPING ZHAI DUSHU LU
九思　著

出　　版　北京出版集团公司
　　　　　北京出版社
地　　址　北京北三环中路 6 号
邮　　编　100120
网　　址　www.bph.com.cn
总 发 行　北京出版集团公司
印　　刷　北京华联印刷有限公司
经　　销　新华书店
开　　本　880 毫米 ×1230 毫米　1/32
印　　张　12.125
字　　数　176 千字
版　　次　2018 年 10 月第 1 版
印　　次　2018 年 12 月第 2 次印刷
书　　号　ISBN 978-7-200-14410-9
定　　价　88.00 元